Der Kleine Blechmann

Hannelore Lenk

Impressum

Herausgeberin
Hannelore Lenk

Umschlaggestaltung
und Illustrationen
Dominik Lenk

ISBN-10: 3-929359-14-6
ISBN-13: 978-3-929359-14-5

Druck: Mergard, Lauterbach

Der Kleine Blechmann

Herr Wilson wohnte nun schon seit fast 25 Jahren in dem kleinen Dorf im Vogelsberg. Eigentlich hatte Herr Wilson mit seiner Familie immer in großen Städten oder zumindest am Rande dieser Großstädte gelebt, das brachte sein Beruf so mit sich. Herr Wilson hatte in einer großen Computerfirma gearbeitet und wegen dieses Berufes fast immer am Schreibtisch gesessen. Besonderen Spaß machte es ihm aber, mit seinen Händen zu arbeiten, zu basteln, zu bauen und neue Dinge entstehen zu sehen. Herr Wilson wäre sicher auch ein sehr guter Handwerker geworden. Als feststand, dass vor dem Rentenalter kein Umzug in eine neue Stadt mehr anstehen würde, kauften Herr Wilson und seine Frau sich ein altes Bauernhaus in diesem kleinen Dorf. Zuerst fuhren die Beiden nur an den Wochenenden hinaus zu ihrem neuen Haus und das nicht, um dort Urlaub zu machen. Sie bauten das Haus um, legten auf dem riesigen Grundstück einen Garten an und hatten ständig etwas zu tun. Zuerst dachten sie, in etwa 10 Jahren würden Haus und Garten so sein, wie sie es sich vorgestellt hatten, aber nach 20 Jahren bauten sie immer noch. Da es ihnen Spaß machte, stöhnten sie höchstens mal am Abend, wenn der Rücken oder der Arm etwas weh taten, weil sie zu viel geschafft hatten, aber am nächsten Morgen war alles wieder vergessen.

Am Frühstückstisch wurde beratschlagt, was an diesem Tag zu tun wäre.

So ging das viele Jahre, doch nun ist Herr Wilson allein. Er hat lange schon das Rentenalter erreicht, das Haus ist so gut wie fertig, aber Frau Wilson ist vor einigen Jahren gestorben. Die erwachsenen Kinder sind schon lange aus dem Haus und wohnen weit weg in einem anderen Land. Selbst sein einziges Enkelkind ist kein richtiges Kind mehr, sondern schon fast erwachsen. Manchmal, wenn Herrn Wilsons Kinder um die Mittagszeit anrufen und sich über die krächzende Stimme ihres Vaters wundern, sagt er ihnen, dass er halt den ganzen Tag noch mit niemandem gesprochen hat und seine Stimme erst mal wieder in Gang kommen muss. Aber Herr Wilson beruhigt seine Kinder dann und meint, er sei zwar allein, aber nicht einsam und das sei doch ein großer Unterschied.

Nachdem Herr Wilson ein Jahr allein war, hat er sich wieder einen Hund angeschafft. Max ist ein pechschwarzer Labrador und inzwischen schon fast 3 Jahre alt. Er flitzt mit Begeisterung durch den riesigen Garten, bringt seinem Herrn Stöckchen und springt den geworfenen Bällen hinterher. Nachdem er auch sehr schnell gelernt hat, dass Herrn Wilsons Blumenbeete für ihn tabu sind und dass der Teich im hinteren Gartenteil für ihn nicht zum Baden gedacht ist, gibt es zwischen Herrn und Hund keine Unstimmigkeiten. Und wenn Herr Wilson nun um die Mittagszeit telefoniert, hat er auch keine krächzende Stimme mehr, denn er hat inzwischen seinem Hund so einiges erzählt und Max sitzt dann immer vor ihm und schaut ihn an, als ob er jedes Wort verstünde.

Max liebt Kinder und alle Kinder des Dorfes lieben Max. Da die Schulbushaltestelle des Ortes direkt gegenüber von Herrn Wilsons Haus liegt, hat Max mehrmals am Tag die Gelegenheit, mit einer ganzen Gruppe von Schulkindern durch die Gitterstäbe des Gartentores zu schmusen. Da holt er sich dann seine Streicheleinheiten von vielen kleinen Händen, als ob er von Herrn Wilson nicht schon genug gestreichelt würde. Aber davon bekommt Max wahrscheinlich nie genug.

Max war auch der Anlass, dass immer mehr Kinder vor dem Gartenzaun herumstrichen, wenn Herr Wilson dort arbeitete, Unkraut jätete oder Rosen schnitt. Zumindest sagten die Kinder, sie wollten mit Max spielen. Sehr schnell saßen sie dann auf der kleinen Mauer an der Straßenseite und erzählten. Sie erzählten von zu Hause, wenn es Ärger gegeben hatte, von der Schule, wenn eine Arbeit daneben gegangen war. Herr Wilson übte dann neben dem Schneiden seiner Rosen auch mal einige Zeit englische Vokabeln mit dem einen oder anderen Kind und erstaunlicherweise machten sie bereitwillig mit. Anscheinend macht das Vokabelnpauken zwischen blühenden Rosen im beiläufigen Gespräch mehr Spaß als daheim am Tisch.

Noch etwas anderes zog die Kinder zu Herrn Wilsons Grundstück. Da die Arbeiten an seinem Haus sich nun nur noch auf leichtere Ausbesserungsarbeiten beschränkten, hatte Herr Wilson viel Zeit für seine Bastelarbeiten. Und was Herr Wilson alles anfertigte. Etliche Dinge konnten die Kinder von der Straße bewundern. In seiner alten Scheune, in die er statt der alten Holztore Glastore hatte einbauen lassen, hingen über den Köpfen Papp-Laternen. Die Motive waren mit bunten Transparentpapieren hinterklebt. Jede Laterne hatte eine kleine Glühbirne eingebaut, die sich bei beginnender Dunkelheit einschaltete. Zweimal im Jahr wechselte Herr Wilson die Laternen aus. Im Frühling und Sommer hingen Blumen und Landschaftsmotive und leuchteten in den Garten und auf die Straße. Im Herbst hängte er Tierlaternen wie Igel, Eulen und Käfer sowie einige Halloween-Gesichter auf. Die Vorweihnachtslaternen begeisterten die Kinder besonders. Da gab es Tannenbäume, Engel, Sterne und das große Hexenhäuschen, bei dem aus jedem Fenster Licht schimmerte. Bald kamen die ersten schüchternen Anfragen, ob sie nicht mal zu einem Bastelnachmittag kommen könnten, um sich selbst so eine Laterne zu machen. Kurz vor dem Martinsabend wurde dann gebastelt. Die kleinen Künstler waren sehr stolz auf ihre Laterne und

Herr Wilson hat niemandem verraten, dass er bei allen Kindern die Laternen fertig stellen musste. Die Kleinen hatten doch mit etwas weniger Arbeit gerechnet und wurden zum Schluss sehr ungeduldig. Nun wollen die Kinder nicht mehr alles nachmachen, was Herr Wilson gerade wieder neu erfindet, weil sie wohl gemerkt haben, dass dazu auch sehr viel Geduld und Ausdauer gehört. Aber anschauen der neuen Betonskulpturen, Zementtiere oder Windspiele im Garten macht ja auch Spaß.

Seit einiger Zeit ist Herr Wilson nicht mehr so oft im Garten zu sehen. Nun kann es daran liegen, dass die Bäume und Büsche rund um die Grundstücksgrenze schon recht hoch geworden sind oder Herr Wilson ist nicht mehr so viel draußen. Tatsächlich sieht man immer häufiger in seiner kleinen Werkstatt Licht brennen. Außerdem ist in diesem Jahr der Winter auch furchtbar lang. Es ist schon Ende März und der Schnee liegt immer noch. Manchmal sieht man ja selbst im Vogelsberg um diese Zeit schon die ersten Krokusse blühen, aber nicht in diesem Jahr. Wenn Herr Wilson mit Max spazieren geht, muss er sich ganz schön warm anziehen, denn Max liebt lange Spaziergänge. Und aufpassen muss Herr Wilson, denn wenn Max zu sehr zieht, hat er manchmal Mühe, nicht auszurutschen, so glatt ist es auf den Straßen. So hat Herr Wilson die Spaziergänge notgedrungen etwas verkürzt, denn einen Sturz kann er sich nun wirklich nicht leisten. Dafür darf Max durch den Schnee des Gartens toben, was ihm einen riesigen Spaß macht. Und Herr Wilson verschwindet wieder in seiner Werkstatt, von wo er Max im Garten beobachten kann.

Max darf zur Zeit nicht in die Werkstatt. Herr Wilson arbeitet mit Blechen und Metallteilen. Er lötet und schweißt, sägt und schraubt, schleift und poliert. Die kleinen herumfliegenden Metallteile sind für Hundepfoten gefährlich, deshalb hat Max Werkstattverbot. Zu Ostern ist Herr Wilson fertig mit seiner groben Arbeit, die Werkstatt wird wieder ausgefegt und aufgeräumt und Max darf auch wieder hinein und alles neu beschnüffeln. Es riecht eigentlich wie immer und Max will die Werkstatt schon wieder verlassen. Das glänzende Etwas auf dem Arbeitstisch hat er gar nicht bemerkt, da es sich nicht bewegt und er mit der Nase nicht herankommt. Herr Wilson nimmt das glänzende Teil vom Tisch und nun bewegen sich Arme und Beine, die offensichtlich mit Scharnieren befestigt sind. Nun ist auch Max interessiert, sobald sich etwas bewegt, findet es sein lebhaftes Interesse. Herr Wilson hält ihm den kleinen Blechmann vor die Hundeschnauze, damit Max schnüffeln kann. Und das tut er auch ausgiebig. Aber so interessant ist der kleine Kerl nun auch wieder nicht für einen Hund. Zum Schluss gibt es noch einen ausgiebigen Schmatzer mit der Hundezunge quer über das Gesicht und Max will wieder in den Garten.

»Nun begrüße doch unseren neuen Hausgenossen«, ruft Herr Wilson. »Das ist ein kleiner Roboter. Er ist gerade fertiggeworden, ich muss mir nur noch überlegen, welche Relais ich ihm einbauen kann, damit er sich auch bewegen kann. Es gibt ja heute schon Roboter für alle möglichen Arbeiten. Dazu muss ich noch einige meiner schlauen Bücher durcharbeiten. Aber einen Namen können wir ihm doch schon einmal geben.«

Max schaute Herrn Wilson aufmerksam an, als ob er alles verstehen würde. Er fuhr noch einmal mit seiner langen roten Zunge über das glänzende Metall des kleinen blechernen Kerls. Aber dann erlahmte sein Interesse auch sehr schnell.

»Na ja, ist ja auch dumm von mir, eine Antwort von dir zu erwarten. Also lass mich mal selbst überlegen, welcher Name würde denn passen? Ach, mir fällt auch nichts Gescheites ein, nennen wir ihn doch einfach Robbi, wenn du einverstanden bist.«

Max bellte einmal kurz, wedelte mit dem Schwanz und trollte sich nun endgültig in den Garten hinaus.

Herr Wilson setzte Robbi erst einmal auf das Regal, in dem schon ein paar alte Teddybären und sehr alte Puppen saßen, die er alle einmal auf Flohmärkten erstanden hatte. Teilweise stammten sie sogar vom Sperrmüll, denn Herr Wilson konnte an keinem Sperrmüllberg vorbeigehen, ohne kurz nachzusehen, ob er für seine Basteleien nicht etwas gebrauchen könnte. Die alten Puppen und Teddybären hatte er allerdings schon vor vielen Jahren im Sperrmüll gefunden, heute findet man dort so etwas nicht mehr. Sie waren alle von ihm repariert worden und trotzdem sah man ihnen noch an, wie alt sie schon waren. Er wusste von jedem Teddy und jeder Puppe, woher er sie hatte und eigentlich hatte er so für sich auch allen einen Namen gegeben.

Er setzte Robbi neben Otto, einen fast 50 cm großen hellgelben Teddy, dessen Fell so abgeschabt war, dass das Untergewebe an vielen Stellen zu sehen war. Er war sicher von einem Kind einmal heiß geliebt worden. Otto hatte noch richtige Glasaugen. Eines der Augen hing nur noch an einem losen Fädchen, als Herr Wilson den Teddy auf einem Müllberg fand. Auch ein Bein und beide Arme hingen gefährlich lose an Ottos Seite herunter. Da Herr Wilson sogar nähen konnte , setzte er Otto an beiden Armen und Beinen neue Scheiben und Splinte ein und schon konnte man Ottos Beine und Arme wieder voll bewegen. An Ottos Kopf prangte ein großer Riss quer über die Stirn. Der Stoff war dort so dünn, dass schon die Holzwolle der Füllung herausquoll. Herr Wilson hatte den Riss ganz vorsichtig zusammengezogen und zur Sicherheit ein großes Pflaster darüber genäht. So blieb die Holzwollfüllung da, wo sie hingehörte, in Ottos dickem Teddykopf. Neben dem großen Teddy wirkte Robbi fast ein bisschen verloren und klein. Herr Wilson musste Otto etwas beiseite schieben, um Platz zu schaffen. Dabei brummte Otto ganz tief los, wie ein richtiger Bär. Die alten Bären hatten fast alle noch eine eingebaute Brummstimme und Ottos Stimme war sogar über die Jahre heilgeblieben. Auf der anderen Seite von Robbi saß nun Hilde, eine schon etwas ramponierte Porzellanpuppe. Ihr fehlte ein Fuß, als Herr Wilson sie fand. Er machte ihr aus weichem Leder ein paar wunderhübsche Schuhe und schon war das kleine Malheur nicht mehr zu sehen. Und diese Schuhe passten auch wunderbar zu dem Ballkleid, dass Hilde trug, als Herr Wilson sie auf einem Flohmarkt kaufte. Er wusch das Kleid ganz vorsichtig und nähte ein paar herunterhängende Spitzen wieder an. Das große Loch, das Hilde im Kopf hatte, spachtelte Herr Wilson vorsichtig mit Porzellanmasse zu, schliff und polierte es glatt und zog eine Locke von Hildes schönem Haar darüber. Schon sah Hilde wieder aus wie eine Ballschönheit. Zwischen diesen Beiden bekam nun Robbi seinen Platz. Es gab noch viele merkwürdige Gestalten in diesem Regal. Einigen sah man es gleich an, dass sie schon viel durchgemacht hatten. Andere sahen aus wie neu, weil ihre Verletzungen nicht so schlimm waren, sodass Herr Wilson sie vollständig reparieren konnte. Es war schon eine beachtliche Gesellschaft, die hier versammelt war, nur Robbi wirkte mit seinem glänzenden Metallkörper so neu und irgendwie fehl am Platz.

Denn neu war in diesem Raum eigentlich nichts. An der gegenüberliegenden Wand stand ein großes bis zur Decke reichendes Bücherregal. Auch die vielen Bücher und Heftchen, die darin gestapelt waren, wirkten alles andere als neu. Sie sahen aus, als seien sie schon durch sehr viele Hände gegangen. Da gab es teilweise noch Schulbücher aus Herrn Wilsons Schulzeit, dazu jede Menge Nachschlagewerke und viele Handwerksanleitungen. Außerdem Anleitungen zur Reparatur von Puppen und Teddybären, alten Spielzeugautos und alten Möbeln. Wahrscheinlich hatte Herr Wilson die Bücher alle gelesen.

Nun suchte Herr Wilson eifrig in seinen Büchern herum, zog etliche Bücher heraus, legte sie beiseite, bis er einen ganzen Stapel herausgelegt hatte. Den klemmte er sich unter den Arm und ging damit in den Garten, wo unter der alten Kastanie ein bequemer Liegestuhl stand. Herr Wilson setzte sich, verteilte die mitgenommenen Bücher auf seinem Schoß und begann zu lesen. Als er nach zwei Stunden immer noch da saß, stupste Max ihn energisch mit der Schnauze an.

»Ach ja, dich habe ich ja fast vergessen. Du hast Recht, wir müssen unsere Runde drehen. Sonst bin ich wirklich Schuld daran, wenn du aus lauter Not dein Geschäftchen im Garten verrichtest.«

Er legte seine Bücher beiseite, holte die Leine, steckte sich ein paar Hundekuchen in die Hosentasche und schloss das Haus ab. Max zog eifrig an der Leine, denn erst wenn sie aus dem Dorf heraus waren, durfte er frei durchs Feld rennen. Sie waren schon längst jenseits der Straße und er war immer noch angeleint. Max wurde ungeduldig und zerrte an der Leine.

»Ach, entschuldige, ich bin mit meinen Gedanken aber auch ganz woanders und du musst darunter leiden.«

Herr Wilson machte Max los und der Hund raste im Zickzack über das Feld. Gewöhnlich warf Herr Wilson immer ein Stöckchen und Max brachte es schnell zurück in Erwartung einer Belohnung. Herr Wilson warf auch das Stöckchen, aber er vergaß die Belohnung. Max war enttäuscht. Was war heute nur mit seinem Herrn los? Er brachte das Stöckchen noch einmal und noch einmal zurück und setzte sich erwartungsvoll hin. Nichts! Sein Herr war mit den Gedanken ganz woanders. Schließlich sauste Max über die Felder und entfernte sich immer weiter. Von seinem Herrn war er heute enttäuscht, da musste er sich die interessanten Erlebnisse alleine suchen.

Es dauerte eine ganze Weile, bis Herr Wilson merkte, dass sein Hund nicht mehr da war. Er pfiff und rief, kein Max war zu sehen. Herr Wilson lief noch bis hinauf zum Wald und rief immer wieder, aber es half nichts.

»Er wird vielleicht nach Hause gelaufen sein, ich bin aber heute auch zu unaufmerksam«, dachte Herr

Wilson und machte sich auf den Heimweg.

Unterwegs rief er immer wieder nach Max, aber kein Max tauchte auf. Auch zu Hause war von Max nichts zu sehen. Nun machte Herr Wilson sich langsam Sorgen. Es lagen zwei Hauptstraßen zwischen den Feldern und seinem Haus und Max lief im Ort praktisch immer an der Leine. Außerdem waren die Dorfbewohner nicht gerade langsame Autofahrer. Herr Wilson holte sein Auto aus der Garage und fuhr den ganzen Weg noch einmal zurück, den er mit Max gelaufen war. Anschließend fuhr er langsam sämtliche Dorfstraßen ab, aber auch hier war kein Max zu sehen. Zurück zu Hause sah Herr Wilson zwei Mädchen vor seinem Garten Rad fahren, die oft mit Max im Garten herumtobten.

»Max ist mir weggelaufen. Ich suche ihn jetzt schon fast zwei Stunden. Könnt ihr mal ein bisschen herumfahren und schauen, ob ihr ihn seht?«

Die Beiden waren gerne bereit zur Suche. Herr Wilson hörte noch, wie sie im Nachbarhaus noch weitere Kinder mobilisierten.

»Max ist weg, wir müssen ihn suchen.«

Herr Wilson machte sich wieder mit dem Auto auf die Suche, fuhr noch einmal den Weg zum Wald hinauf und dann bis zur Mühle am Ortsausgang. Unterwegs stieg er immer wieder aus und fragte Leute, ob sie Max gesehen hätten. Gerade stieg er wieder aus und fragte.

»Ja, Max ist vorhin an unserem Gartenzaun aufgetaucht. Die Kinder haben ihn an unsere Hundeleine genommen und bringen ihn gerade heim.«

Und wirklich, als Herr Wilson schnell nach Hause fuhr, stand Max im Kreise von 6 Kindern vor seiner Haustür und wedelte fröhlich mit dem Schwanz, als wäre nichts geschehen. Die Kinder waren unheimlich stolz, dass sie Max gefunden hatten und freuten sich auch sehr über die Schokolade, die Herr Wilson als Dankeschön aus seinem Kühlschrank zauberte. Herr Wilson war überglücklich, dass Max wohlbehalten wieder zu Hause war.

»Ich weiß Max, ich habe dich heute schwer vernachlässigt. Ich habe so viele technische Einzelheiten in meinem Kopf herumgewälzt und keine Lösung gefunden. Meine Lektion habe ich gelernt, obwohl es auch nicht gut war, was du getan hast.«

Es sah so aus, als ob Max grinste.

Herr Wilson nahm zwar seine Gedanken zusammen, wenn er mit Max in den nächsten Tagen unterwegs war, aber zu Hause las und las er, stellte Berechnungen an, zeichnete Schaltungen und schraubte an Robbi herum. Aber das, was er wollte, kriegte er anscheinend nicht hin.

So ging das zwei Wochen. Inzwischen war der letzte späte Schnee weggeschmolzen. Es war der 30.April. In der Nacht zum 1. Mai feierte die Dorfjugend und auch die Erwachsenen immer die Walpurgisnacht oben auf dem Berg. Die Bauern brachten schon Tage vorher ihr überflüssiges Holz hinauf und schichteten es zu einem hohen Haufen auf. Es wurde gegrillt, getrunken und gefeiert bis zum frühen Morgen. Sobald es dunkel war, wurde dann im Dorf gehext. Wer vergessen hatte, seine Mülltonne hereinzuräumen, konnte sie am nächsten Morgen im ganzen Dorf suchen. Einmal stand so eine Mülltonne oben auf dem Schornstein des kleinen Backhauses. So bis 11 Uhr nachts huschten die Jüngeren, die dann ins Bett mussten, durchs Dorf und machten Unsinn. Der war meistens harmlos. Bei dem, was die älteren Jugendlichen dann ab Mitternacht anstellten, gab es schon so manches Mal Ärger am nächsten Tag. An diesem Abend vor der Walpurgisnacht, in der ja nach alter Sage die Hexen auf den Blocksberg reiten, war Herr Wilson gerade dabei, wie jedes Jahr seine Mülltonne, die Gartenstühle und die von ihm selbstgeflochtenen Reisigbesen, die er an der Straße zum Verkauf anbot, in seiner Garage zu verstauen. Es wurde schon leicht dämmrig und das halbe Dorf war wohl schon unterwegs zum Berg, um zu feiern. Wenn es ganz dunkel wurde, konnte man das Feuer weit durchs Tal leuchten sehen. Eine ganz alte Frau kam etwas humpelnd die Straße entlang und blieb vor seinen noch verbliebenen Reisigbesen stehen. Er kannte sie nicht, aber er kannte ja auch nicht alle Menschen aus dem Dorf. Er war doch trotz der 25 Jahre, die er schon hier wohnte, immer noch ein Zugereister oder ›Eingeplackter‹, wie die Einheimischen sagten.

Herr Wilson grüßte die alte Frau freundlich und fragte, ob sie einen Besen brauche.

»Ja, den bräuchte ich schon ganz dringend, aber ich kann ihn mir leider nicht leisten.«

Damit wollte sie weiter gehen. Herr Wilson rief sie zurück.

»Aber meine Besen sind doch wirklich preiswert«, rief er ihr zu.

»Das mag wohl sein, aber leider habe ich im Moment gar kein Geld.«

Schon wollte sie weiter gehen, aber Herr Wilson rief sie noch einmal zurück.

»Wissen sie was, ich schenke ihnen einen Besen, weil heute so ein schöner Tag ist. Aber heute sollten sie die Straße nicht mehr fegen, auch wenn morgen Feiertag ist, sie humpeln ja schon.«

Damit drückte er ihr einen seiner Besen in die Hand.

»Ja, ich hatte einen kleinen Unfall, aber das ist morgen wieder in Ordnung. Vielen Dank, der Besen hilft mir doch sehr. Vielleicht kann ich es einmal wieder gutmachen.«

Damit drehte sie sich um und ging weiter. Dabei murmelte sie vor sich hin: »Dafür hast du auch einen Wunsch frei.«

»Ja, ja, ist schon gut«, lachte Herr Wilson vor sich

hin und räumte seine restlichen Besen ein.

So konnte er auch nicht sehen, wie die alte Frau auf einmal gar nicht mehr so alt aussah, sondern ganz flink um die nächste Ecke lief, sich auf den geschenkten Besen schwang und im Nu hoch in die Lüfte flog. Bald konnte man sie nur noch als kleinen Punkt hoch über dem Hoherodskopf sehen, das ist der zweithöchste Berg des Vogelsberges. Direkt über dem Berg waren es auf einmal zwei Punkte, die nebeneinander flogen.

»Nun, Klara, es hat ja offensichtlich geklappt. Du hast also wirklich einen Besen geschenkt bekommen.«

»Ach Olga, ich habe schon nicht mehr geglaubt, dass ich nach dem Absturz jemals wieder in der Walpurgisnacht auf den Blocksberg fliegen kann, zumal diese hinterhältige Hexe in ihren Zauberspruch diesen Trick mit dem geschenkten Besen eingebaut hatte. Ich hätte mir ja leicht einen Besen stehlen oder herzaubern können, aber so war das schon schwerer. Ich bin so froh. Nun kommen wir auch noch rechtzeitig zu unserem Treffen.«

»Was hast du dem Schenker denn gegeben?«

»Ich durfte ihm ja nichts geben. Aber, nachdem er mir das Geschenk gemacht hatte, habe ich ihm einen Wunsch freigegeben. Hoffentlich weiß er ihn gut zu nutzen, denn ich durfte es ihm ja nicht sagen.«

»Ach du meine Güte, hoffentlich geht das gut,

denn was die Menschen sich so manchmal alles wünschen, wenn das alles in Erfüllung ginge.«

»Nun, ich kann es jetzt nicht mehr ändern. Aber neugierig bin ich auch. Vielleicht fliege ich nächstes Jahr zum 1.Mai wieder über den Vogelsberg und sehe mir an, was aus dem freien Wunsch geworden ist.«

Herr Wilson schaute sich noch einmal auf seinem Hof um und überlegte, ob er wirklich alles weggeräumt hatte, was die kleinen und großen Vogelsberger ›Hexen‹ in dieser Walpurgisnacht zu Streichen verleiten könnte. Gerade kamen zwei Nachbarsjungen, die Zwillinge Peter und Paul, an seinem Grundstück vorbei.

»Hallo, Herr Wilson, haben sie alles in Sicherheit gebracht? Wir dürfen schon mal vorgehen auf den Berg, unsere Eltern kommen mit Anna nach.«

»Na, dann viel Spaß euch Beiden und treibt es nicht zu bunt«, rief Herr Wilson ihnen nach.

Sie grinsten beide so auffällig, dass Herr Wilson ins Grübeln kam und dann fiel es ihm auch ein, was er vergessen hatte. Sein Fahrrad stand noch draußen vor der Hecke und wahrscheinlich hatten die Beiden sich schon ausgemalt, was für einen Streich sie ihm damit spielen könnten.

»Pech gehabt, ihr Lausejungen«, grinste nun auch Herr Wilson.

Gerade schob er sein Fahrrad in die Scheune, als Peter und Pauls Eltern mit Anna vorbei schlenderten.

»Na, Karl, alles gesichert?« riefen sie herüber.

»Ja, ich denke schon«, erwiderte er.

»Willst du nicht mal mit hinauf auf den Berg? Es ist so ein schöner Abend, wir könnten ein Bierchen trinken und ein wenig schwätzen.«

»Danke, heute nicht. Ich muss noch etwas arbeiten, aber viel Spaß euch allen.«

Nun schloss Herr Wilson noch sein Gartentor zu und ging ins Haus. Er machte sich ein paar Brote, schenkte sich ein Glas Wein ein, was ihm wesentlich lieber als ein Bier war und setzte sich damit zu seinen noch immer aufgeschlagenen Büchern. Aber auch in den nächsten drei Stunden schien er nicht das zu finden, was er suchte. Er ging noch einmal in seine Werkstatt und holte seinen kleinen Blechmann aus dem Regal, öffnete eine Klappe auf dessen Brust, unter der es blinkte und leise ratterte. Er nahm ein paar Batterien heraus, schraubte hier und da etwas noch ein bisschen fester, setzte die Batterien wieder ein und schüttelte immer wieder den Kopf.

»Ich weiß nicht, wo der Fehler liegt. Ich habe dich so programmiert, wie ich es mein Lebtag getan habe und Roboter, die eine Stimme haben und lernen können, gibt es doch auch schon eine Weile. Robbi, ich wünschte mir so, dass ich mich mit dir unterhalten könnte, dass du eine Stimme hättest und sei sie auch noch so blechern. Was könnte ich dir alles beibringen, bis du ein ganz kluger kleiner Kerl wärest und endlich mal wieder ein Gesprächspartner.«

Herr Wilson seufzte und setzte den kleinen Blechkerl zurück zwischen Bär Otto und die schöne Puppe Hilde.

»Komm Max, wir machen noch unseren Abendspaziergang und dann gehen wir etwas früher zu Bett, denn wie ich die kleinen und großen Walpurgisnachthexen kenne, werden wir heute Nacht noch einige Male geweckt werden.«

Gesagt und getan, bei ihrem Spaziergang durchs Dorf sahen Herr Wilson und Max schon das Feuer oben auf dem Berg. Von weitem hörte man auch die Musik, aber so leise, dass sie sicher nicht im Schlaf störte.

Zurück zu Hause war Max im Nu in seinem Schlafkorb, der im Flur vor Herrn Wilsons Schlafzimmer stand. Herr Wilson schaute noch einmal auf seine Uhr, bevor er die Lampe ausknipste.

»Na ja, zwei Stunden noch bis Mitternacht, bis dahin können wir sicher noch ruhig schlafen, bevor der Zirkus wieder einmal losgeht«, seufzte er, aber durchaus nicht böse, denn er kannte dieses nächtliche Treiben in der Nacht zum 1.Mai ja schon seit Jahren.

Herr Wilson wusste erst gar nicht, wie lange er schon geschlafen hatte. Max bellte aufgeregt, das hatte ihn geweckt. Aber sonst hörte er nichts. Herr Wilson sah auf seine Uhr, es war gerade Mitternacht vorbei.

»Na, da fangen sie dieses Jahr wohl ganz früh an.

Max, schlaf weiter, ich höre nichts Besonderes.«

Max trollte sich auch ganz brav wieder in seinen Korb. Wenn sein Herr sagte, es sei alles in Ordnung, dann war es für ihn auch erst mal so. Er hatte zwar irgendetwas gehört, was ihn zum Bellen veranlasste, aber jetzt war wieder Ruhe. Herr Wilson wollte gerade wieder einschlafen,als Max laut bellend aus seinem Korb sprang und, da alle Türen im Wohnbereich des Hauses offen standen, in Windeseile bis vor die Tür der Werkstatt rannte. Dort bellte er weiter wie verrückt. Nun hatte Herr Wilson bei allem Krach, den Max machte, aber auch etwas scheppern gehört. Im Nu war Herr Wilson auf den Beinen.

»Wie kommen die denn in die Werkstatt?« murmelte er. »Ich weiß doch genau, dass ich abgeschlossen habe. Das fehlte mir gerade noch.«

Er stürmte zur Werkstatttür, riss sie auf, knipste das Licht an und schon rannte Max laut bellend an ihm vorbei. Er sauste quer durch den Raum, von einer Ecke zur anderen und immer laut bellend. Aber es war niemand Fremdes da.

»Max, gib Ruhe, es ist alles in Ordnung, das war sicher draußen. Aber du hast gut aufgepasst, ich hatte schließlich auch etwas gehört.«

Herr Wilson wollte das Licht schon wieder ausknipsen, als Max noch einmal in die Ecke mit dem Regal lief und irgendwelche schmatzenden Geräusche von sich gab. Und dann stockte Herrn Wilson der Atem, als er eine Stimme hörte.

»Blödes Vieh, nimm deine nasse Zunge aus meinem Gesicht.«

Max winselte und schoss mit einem Satz zur Tür hinaus. Herr Wilson ging um die Werkbank herum und erwartete, darunter jemanden hocken zu sehen. Es war aber niemand da. Nur der kleine blecherne Roboter lag vor dem Regal.

»Du meine Güte, bin ich noch so verschlafen, dass ich schon Stimmen höre?« fragte sich Herr Wilson etwas verwundert.

Er hob den kleinen Roboter auf.

»Das tut mir aber leid Robbi, da habe ich dich gestern wohl nicht richtig sicher ins Regal gesetzt«

Damit setzte er den kleinen Blechkerl wieder zurück auf das Regalbrett.

»Ein selten blöder Name.«

Herr Wilson drehte sich um, als habe ihn etwas gestochen.

»Du meine Güte« , meinte er, sah sich dabei noch einmal vorsichtig im ganzen Raum um, der ja eigentlich recht übersichtlich war und ging dann zur Tür.

»Es war wohl doch ein bisschen viel in den letzten Tagen, wird Zeit, dass ich wieder ins Bett komme.«

Max war vor der Tür sitzen geblieben. Herr Wilson wunderte sich, dass seine Nackenhaare hoch aufgestellt waren. Irgendetwas schien ihn fürchterlich aufzuregen.

»Nun komm schon Max, es ist ja nichts passiert. Lass uns wieder schlafen gehen.«

»Meine Knie sind eingedellt und da sagst du, es ist nichts passiert.«

Wieder diese Stimme. Herr Wilson merkte, dass er kurz davor war, die Nerven zu verlieren. Er öffnete seinen Werkzeugschrank, sah unter die Hobelbank und hob den Deckel der großen Truhe hoch, in der er seine Hölzer aufbewahrte.

»Max such«, rief Herr Wilson aufgeregt, aber Max blieb stur an der offenen Tür sitzen.

Herr Wilson setzte sich auf seinen Stuhl und wischte sich den Schweiß von der Stirn. Seine Augen suchten noch immer das ganze Zimmer ab.

»Du könntest meine Knie ja mal ein bisschen ausbeulen, damit ich nicht so hässlich aussehe.«

Herr Wilson sprang auf, während Max jaulend in seinem Korb verschwand. Jetzt hatte Herr Wilson genau mitgekriegt, woher die Stimme kam, nämlich aus dem Regal von dem kleinen Blechmann.

»Ich werde verrückt«, murmelte er entsetzt.

»Das tu mal lieber nicht, du wirst noch gebraucht.« Herr Wilson kniff sich jetzt ganz fest in den Arm.

»Autsch, das tut weh«, rief er. »Also schlafe ich nicht mehr und träumen tu ich auch nicht. Was ist hier bloß los?«

»Na, du hast es dir doch selbst gewünscht, dass ich sprechen kann. Warum wunderst du dich jetzt denn darüber so sehr?«

»Ja natürlich habe ich mir das immer gewünscht, aber solche Wünsche gehen doch sonst nie in Erfüllung.«

»Normalerweise nicht, aber heute ist Walpurgisnacht und die Hexe hat dir doch einen Wunsch freigegeben.«

»Welche Hexe, was redest du denn da für einen Unsinn?«

Herr Wilson fasste sich verzweifelt an den Kopf. Jetzt redete er doch tatsächlich mit einem Blechmann.

»Na, die Alte, der du den Besen geschenkt hast gestern Abend.«

»Es gibt keine Hexen!«

Die Stimme von Herrn Wilson war ein wenig schriller als sonst.

»Normalerweise gibt es auch keine redenden Blechmänner, wie du mich immer nennst.«

»Es gibt sprechende Roboter«, widersprach Herr Wilson.

»Aber du hattest es doch nicht geschafft, mich so zu programmieren, dass ich sprechen konnte. Außerdem hätte ich nur das sagen können, was du mir in mein Programm gespeichert hättest. Aber jetzt kann ich reden, was ich will.«

Herr Wilson stand auf und ging zum Regal. Er griff nach dem kleinen Blechmann.

»Pass auf, meine Knie«, jammerte der.

»Das können wir leicht reparieren«, versprach Herr Wilson.

»Aber vielleicht kannst du bis Morgen warten, ich bin für heute ziemlich mit den Nerven fertig Robbi.«

»Stop!« kreischte der kleine Blechmann. Ich habe dir schon gesagt, dass ich diesen Namen so dämlich finde, also lass das bitte.«

»Was findest du denn an dem Namen nicht gut?«

»Alles. Das ist kein Name, das ist fürchterlich. Ich möchte einen anständigen Namen wie alle anderen Jungen hier im Dorf.«

»Woher weißt du denn von den anderen Jungen aus dem Dorf?« wunderte sich Herr Wilson.

»Na, die lungern doch dauernd bei dir herum, weil deine Werkstatt so interessant ist. Und die haben alle so schöne Namen. Peter und Paul zum Beispiel und deinen Namen Karl finde ich auch gut.«

»Und wie soll ich dich in Zukunft nennen? Du kannst dir einen Namen aussuchen«, sagte Herr Wilson großzügig.

»Wirklich? Kann man Namen einfach so ändern?« Der kleine Blechmann konnte es nicht glauben.

»Natürlich kann man, besonders bei einem kleinen Blechmann. Du darfst dir einen Namen aussuchen und ich werde dich in Zukunft so nennen.«

»Ach herrlich, wie will ich denn nun heißen? Peter, Paul, Karl, Willi, Klaus, Jochen, Otto...«

»Stop«, rief Herr Wilson. »Nun entscheide dich

mal. Und mein Name Karl ist tabu, sonst kommen wir durcheinander. Und Otto heißt schon dein brummender Nachbar, Max geht auch nicht, sonst kommt der Hund immer gelaufen, wenn ich dich rufe. Also, wie soll ich dich nennen?«

»Ich glaube, Willi würde ich gerne heißen.«

»Nun mir soll es recht sein, dann heißt du ab heute Willi. Hat deine Namenswahl einen besonderen Grund?«

»Ja, hier gibt es einen so großen Jungen, der allen anderen sagt, was sie zu tun haben. Ich habe das oft vor unserem Fenster gehört, wenn die Kinder vom Schulbus kamen. So möchte ich auch sein und deshalb will ich Willi heißen.«

Der kleine Blechmann schien von diesem anderen Willi echt begeistert zu sein.

»Na, wenn du meinst, dass dieser Willi ein Vorbild ist, mir soll es egal sei. Ich finde ihn allerdings nicht so nett. Ich nenne dich also ab heute Willi und du kannst mich Karl nennen.«

Herr Wilson merkte jetzt, dass er doch sehr müde war. Außerdem verstand er absolut nicht, was hier im Augenblick passierte, es beunruhigte ihn alles sehr. Wenn er sich mit seinen Erklärungen und Gedanken in einer absoluten Sackgasse befand, hatte er sich schon früher in sein Bett gelegt und eine Nacht darüber geschlafen. Manches Problem hatte sich dann im wahrsten Sinne des Wortes im Schlaf erledigt. Hierauf hoffte Herr Wilson jetzt auch.

Herr Wilson schloss die Werkstatttür und ging zu seinem Schlafzimmer. Max lag in seinem Korb im Flur. Er hatte sich die ganze Zeit nicht daraus wegbewegt.

»Dir ist das auch alles nicht geheuer, nicht wahr?«

Herr Wilson streichelte seinem Hund über den schwarzen Kopf. Max gab nur einen kurzen Heulton von sich. Das tat er manchmal, wenn ein Gewitter nahte. Aber bei dem sternenklaren Himmel konnte das eigentlich nicht bevorstehen. Herr Wilson schaute aus seinem Fenster. Draußen sah er einige Gestalten vorbeihuschen.

»Ich bin ja mal gespannt, was sie diese Nacht wieder alles anstellen. Hoffentlich sind es nur kleine Dummheiten, die heute ausgeheckt werden«, murmelte er und ließ sich in sein Bett sinken.

Merkwürdigerweise schlief er trotz der ganzen Aufregungen gleich ein und bekam auch von dem Walpurgisnachtgeschehen dieses Mal gar nichts mit.

Es war ein strahlender Sonnentag, als Herr Wilson aufwachte. Er ging an das Fenster, öffnete es weit und sah hinaus. Schon musste er laut lachen. Auf dem Schornstein des kleinen Backhauses bei ihm gegenüber stand wieder einmal eine blaue Mülltonne. Also hatte jemand seine Tonnen nicht weggeräumt und den Jugendlichen zu ihrem Schabernack verholfen. Mehr konnte er im Augenblick nicht entdecken, aber es fuhren schon einige

Dorfbewohner ganz langsam mit ihrem Auto durch die Straßen, das übliche Zeichen am Morgen des 1. Mai, dass sie ihre abhanden gekommenen Sachen wieder einsammelten. Diese Dinge wurden ja nicht gestohlen, sie wurden nur in einen anderen Garten oder Hof gestellt. Wer sich am Abend vorher die Arbeit des Wegräumens sparte, der hatte halt am kommenden Morgen die doppelte Mühe. Solange es so kleine Späße waren, die sich die Kinder und Jugendlichen erlaubten, war auch niemand ernstlich böse. Vor einigen Jahren hatte Herr Wilson bei einem Nachbarn mehr Ärger erlebt. Er war in der Walpurgisnacht wach geworden durch ein lautes Motorengeräusch, das genau unter seinem Fenster plötzlich verstummte. Alarmiert, wie er in diesen Nächten immer war, stand er auf und sah hinaus. Fünf junge Männer schlichen um einen Trecker herum, dessen Motor nun nicht mehr lief. Einer der jungen Leute verschwand in einer kleinen Nebentür des gegenüber liegenden Bauernhauses und plötzlich öffnete sich das große Scheunentor zur Straße und die fünf Jugendlichen schoben mit vereinten Kräften den großen Trecker hinein, verriegelten das Tor wieder von innen und der letzte kam durch die Seitentür heraus. Herr Wilson musste lachen, als er überlegte, wer da wohl seinen Trecker mit steckendem Schlüssel auf dem Hof hatte stehen lassen. Das Bauernhaus gegenüber wurde nicht mehr bewirtschaftet, es wohnten Privatleute im Wohnhaus. Herr Wilson hatte die nächtliche Beobachtung schon wieder vergessen. Eine Woche später fegte er wie üblich vor dem Wochenende die Straße, sein Nachbar von Gegenüber tat das Gleiche und als man auf gleicher Höhe fegte und ins Gespräch kam, erinnerte sich Herr Wilson wieder.

»Da haben sie vor acht Tagen sicher ganz schön gestaunt über den fremden Trecker in ihrer Scheune?« fragte er den ziemlich verdutzten Mann.

»Welcher Trecker und in welcher Scheune? Ich war in meiner Scheune schon seit Wochen nicht mehr, die steht leer.«

Man ging gemeinsam nachsehen, als Herr Wilson von seiner Beobachtung erzählt hatte und dort stand der herrenlose Trecker noch immer. Es stellte sich heraus, dass der Bauer, dem der Trecker abhanden gekommen war, schon Anzeige bei der Polizei erstattet hatte. Diese Art Walpurgisnachtscherze gingen nach Ansicht aller Menschen im Dorf allerdings über das Erlaubte hinaus. Wie sich Herr Wilson erinnerte, kam etwas Ähnliches auch nicht mehr vor, es blieb bei entführten Mülltonnen, Gießkannen, Besen und ähnlichen Dingen. So wie auch an diesem ersten Mai. Gerade fuhr ein entfernter wohnender Nachbar eine Rolle Maschendrahtzaun auf einer Schubkarre nach Hause. Aber auch er konnte darüber lachen.

Herr Wilson wandte sich vom Fenster ab und sah sich nach seinem Hund um. Max stand mit gesträubten Nackenhaaren vor der Werkstatttür.

»Nein Max, bevor gearbeitet wird, müssen wir erst mal frühstücken und dann folgt unser Morgenspaziergang. Du hast doch sicher auch mächtigen Hunger.«

Herr Wilson sah Max nachdenklich an, weil ihm plötzlich die Erinnerung an die vergangene Nacht kam.

»Du guckst, als hättest du auch so einen irren Traum gehabt wie ich. Wenn ich dir den erzähle, jaulst du bestimmt laut auf.«

Wie zur Bestätigung gab Max ganz merkwürdige Geräusche von sich.

»Na, komm mit in die Küche, ich mache dir dein Futter fertig. Du hast Recht, es ist heute schon reichlich spät.«

Herr Wilson machte das Futter für Max fertig, kochte sich einen Kaffee und belegte sich zwei Brote. Da es am Feiertag keine Zeitung gab, nahm er sich noch einmal das Buch über elektronische Schaltungen vor, dass er am Vorabend gelesen hatte. Plötzlich stand er auf, nahm seine noch halb volle Kaffeetasse mit und ging zur Werkstatt. Max folgte ihm auf dem Fuße. Da sich Herr Wilson nicht umdrehte, konnte er nicht sehen, dass Max Nackenhaare schon wieder steil aufgerichtet waren. Als Herr Wilson die Türe öffnete, wäre ihm fast die Kaffeetasse aus der Hand gefallen, schallte ihm doch eine Stimme entgegen: »Das wird aber auch Zeit, dass ihr kommt. Ich langweile mich zu Tode.«

»Du meine Güte, ich habe es also gar nicht geträumt. Es ist tatsächlich wahr.«

Herr Wilson ließ sich auf seinen Schreibtischstuhl fallen und brachte seine Kaffeetasse in Sicherheit. Max war mit einem lauten Jaulen wieder zur Tür hinaus. Von dort draußen aus sicherer Entfernung bellte er laut und aufgeregt.

»Mutiger Max, lass mich nur hier allein mit meinem Problem«, stöhnte Her Wilson.

»Wieso nennst du mich ein Problem? Du hast es dir doch gewünscht, dass ich sprechen kann.«

»Ja, richtig, der Wunsch, die Walpurgisnacht und die Hexe, das glaubt mir kein Mensch.«

Herr Wilson fasste sich stöhnend an den Kopf.

»Es braucht dir ja auch keiner zu glauben. Ich an deiner Stelle würde das auch gar nicht herumerzählen. Wir behalten es besser für uns. So etwas passiert schließlich sehr selten, nur wenn verschiedene Dinge zur gleichen Zeit geschehen.«

»Woher weißt du denn solche schlauen Sachen?« fragte Herr Wilson.

»Ich weiß viel mehr, als du dir vorstellen kannst. Schließlich hatte ich die ganze Nacht Zeit zum Lesen.«

»Wieso Lesen, woher hast du etwas zum Lesen?«

Herr Wilson war aufgesprungen.

»Ich glaube, ich werde verrückt. Kannst du nicht nur sprechen, sondern jetzt auch noch lesen?«

»Natürlich, das gehört doch wohl dazu. Wie soll ich mich mit dir unterhalten, wenn ich von nichts eine Ahnung habe? Jemand mit nichts im Kopf ist doch wirklich kein guter Gesprächspartner. Und damit du mich nicht gleich auf den Müll wirfst, weil ich nur Blödsinn rede, habe ich die ganze Nacht gelesen. Es stehen ja genug Bücher da drüben im Regal. Natürlich habe ich noch nicht alle durch, obwohl das bei mir sehr schnell geht.«

»Willst du etwa behaupten, du kannst die Bücher dort drüben im Regal von deinem Sitz im Regal gegenüber lesen?«

Herr Wilson lachte ungläubig.

»Na klar, wie denn sonst? Laufen kann ich ja leider nicht. Das hättest du dir mal gleich mitwünschen sollen.«

»Das hätte mir gerade noch gefehlt, dass du hier auch noch herumwuselst.«

Herr Wilson stöhnte schon wieder.

»Das wäre doch sehr lustig, wenn ich dich überallhin begleiten könnte und ich würde viel schneller lernen, was ich alles noch nicht weiß.«

»Haha, du vergisst auch sehr schnell, was du eben noch gesagt hast, dass wir die ganze Geschichte hier als unser Geheimnis betrachten sollten. Das gäbe einen Aufruhr, wenn auf einmal ein Blechmann durch das Dorf spaziert.«

»Da hast du Recht, wir behalten die Sache für uns. Aber die Bezeichnung Blechmann mag ich nicht mehr hören. Vergiss nicht, du hast mir heute Nacht einen Namen gegeben wie ihn alle Jungen haben. Hast du das vergessen, Karl?«

»Richtig Willi und ich habe dir das du angeboten. Entschuldigung, ich werde dich nie wieder Blechmann nennen, es sei denn, du ärgerst mich einmal fürchterlich«, lachte Karl Wilson.

Wenn es nun eine solche Hexerei in seinem Leben geben sollte, dann wollte er sie von nun an genießen. Schließlich hatte er sich das, was hier geschah, schon so lange gewünscht. Sich mit jemandem zu unterhalten, ja lange Gespräche zu führen, Gespräche, in denen jemand antwortete und nicht wie Max ihn nur treu ansah und so tat, als würde er alles verstehen.

Max, das war das Stichwort. Max saß immer noch verstört im Flur.

»Willi, ich muss dir jetzt einmal meinen treuesten Freund vorstellen, Max. Er ist ein bisschen verstört, denn so etwas wie dich kam in seinem Leben auch noch nicht vor. Wir werden ihn jetzt mal an dich gewöhnen.«

Karl Wilson ging hinaus und redete leise mit Max. Dann führte er ihn in die Werkstatt.

»Max, das ist Willi. Er bleibt jetzt bei uns und ich

hoffe, ihr werdet euch verstehen.«

Karl Wilson ging zum Regal, nahm Willi herunter und hielt ihn Max vor die Nase, damit er ihn beschnuppern konnte, was Max auch ausgiebig tat. Als er Willi auch noch mit seiner langen Zunge einmal durchs Gesicht fahren wollte, zog Karl Willi schnell zurück.

»Nein Max, ich glaube, das mag er nicht«, sagte Herr Wilson und setzte Willi zurück ins Regal.

»Das kannst du wohl laut sagen, dass ich das nicht mag, das hat er gestern schon mal getan. Schließlich kann ich davon rosten, wenn ich so nass werde.«

»So schnell wirst du schon nicht rosten, wenn du dich nicht gerade stundenlang in die Badewanne legst«, lachte Herr Wilson und von Max ist das Lecken eine Liebesbezeugung. »Das macht er bei mir auch, wenn ich ihn gekrault habe. Also scheint er dich doch zu mögen, das ist schon mal sehr viel wert.«

Herr Wilson ging hinüber zum Bücherregal.

»Wie viele von diesen Büchern hast du denn heute Nacht schon gelesen?« wollte er wissen.

»Die ersten 20 Bände von der linken Seite. Da stehen aber merkwürdige Dinge drin.«

»Zwanzig Bände, das ist ja unglaublich«, staunte Herr Wilson.

»Wieso, das ging ganz schnell und alles, was ich gelesen habe, ist jetzt in meinem Kopf gespeichert. Aber es ist wirklich merkwürdig, was in diesen Büchern steht.«

»Da hast du dir ausgerechnet die Reihe mit den alten Kinderbüchern ausgesucht, die noch aus meiner Kinderzeit stammen. Später haben sie meine eigenen Kinder gelesen und mein Enkel dann auch noch. Das sind halt Märchen und Geschichten, die sich mal jemand ausgedacht und dann für die Kinder aufgeschrieben hat.«

Herr Wilson stellte den Band mit Grimms Märchen zurück ins Regal.

»Diese Märchen für Kinder sind aber manchmal ganz schön gruselig«, meinte Willi.

»Da muss ich dir Recht geben. Es gibt auch heute ganz andere Kinderbücher, die nicht so gruselig sind. Und dann muss man den Kindern natürlich auch immer erklären, dass diese Geschichten nicht wahr sind, sondern Märchen.«

»Aber in fast allen Märchenbüchern ist doch von Hexen, mal guten und mal bösen, von Zauberern und Feen, von Zwergen und Riesen die Rede. Deshalb warst du gestern so überzeugt, dass unsere Geschichte mit der Hexe, die dir deinen Wunsch erfüllt hat, gar nicht wahr sein kann.«

»So ist es, Willi und wenn ich dich mal einen Moment nicht plappern höre, glaube ich immer noch, es ist nicht wahr.«

»Was gibt es denn in den Büchern in der zweiten Hälfte der oberen Reihe zu lesen?« wollte Willi nun wissen.

»Da kannst du nachher gleich weitere Märchen lesen, die sind aber etwas moderner und auch um einiges friedfertiger. Die hatte meine Tochter für ihren Sohn gekauft. Nun ist er dafür aber auch schon zu alt.«

Liebevoll strich Herr Wilson über die Buchrücken.

»Wieso kann man denn zu alt sein zum Lesen?" fragte Willi erstaunt.

»Nein, da hast du mich falsch verstanden. Niemand ist jemals zu alt zum Lesen. Nur für diese Art Bücher ist er zu alt. Er liest jetzt andere Sachen, Bücher für fast erwachsene junge Menschen. Und außerdem muss er nun auch sehr viel für die Schule lesen und lernen.«

»Was ist Schule?« wollte Willi wissen.

Herr Wilson sah erstaunt auf.

»Richtig, woher sollst du das auch wissen. Also, in die Schule kommen die Kinder mit 6 Jahren. Dort lernen sie als erstes mal Lesen und Schreiben und auch Rechnen.«

»Halt, wieso müssen sie Lesen lernen, das kann man doch«, wandte Willi ein.

»Ja, du vielleicht, aber bei den Menschenkindern ist das anders. Die müssen ganz schön fleißig lernen und üben, bevor sie ihr erstes Buch lesen können. Und manche lernen es nie so ganz richtig, weil sie andere Dinge interessanter finden, als fleißig zu lernen.«

»Das verstehe ich nicht«, meinte Willi. »Ich möchte gar nicht aufhören, Bücher zu lesen, obwohl die Unterhaltung mit dir natürlich auch sehr schön ist«, fügte er entschuldigend hinzu.

»Vielen Dank für das Kompliment. Aber du musst die Kinder auch verstehen. Es ist anfangs schon etwas mühsam, Lesen und Schreiben zu lernen. Sie fangen mit Buchstaben an, dann kommen die ersten Worte und so weiter.«

»Ja, dann verstehe ich, dass nicht alle davon begeistert sind. Und wenn sie dann Lesen und Schreiben können, gehen sie nicht mehr in die Schule?« wollte Willi wissen.

»Aber nein, dann geht es erst richtig los mit der Lernerei. Die Kinder gehen mindestens 8, manchmal 10 und wenn sie das Abitur machen wollen und dürfen sogar 13 Jahre zur Schule.«

»13 Jahre«, sagte Willi andächtig vor sich hin. »Dann sind sie ja schon erwachsen.«

»Du sagst es. Und wenn sie dann noch studieren, dauert das noch mal ein paar Jahre.«

In diesem Moment lief Max zur Tür und jaulte fürchterlich.

»Ach du meine Güte, dich armen Kerl habe ich doch total vergessen. Jetzt aber los, sonst haben wir hier gleich einen Bach in der Werkstatt«, rief Herr Wilson.

»Wieso bekommen wir ein Gewässer in die Werkstatt? Ein Bach ist doch ein Gewässer, oder nicht?«

fragte Willi.

Herr Wilson musste lachen.

»Ja, das hast du schon irgendwo richtig gelesen. Ich meinte aber, dass Max dringend raus muss, weil er sonst aus lauter Not in die Werkstatt pinkelt. Das ist zwar dann kein Gewässer, aber sehr unangenehm für Max und auch mich. Jetzt lies mal eine Weile die restlichen Bücher in der oberen Regalreihe bis wir wieder da sind.«

Herr Wilson nahm Max an die Leine und verließ das Haus.

Es war wirklich sehr dringend. Max schaffte es gerade noch bis zur ersten Wiese am Ortsausgang und erledigte gleich beide Geschäftchen zugleich. Herr Wilson machte einen schönen weiten Spaziergang und Max tobte fröhlich über die Wiesen. Unterwegs trafen sie Paula, die ihre Collie-Hündin Emma ausführte.

»Sie sind aber spät heute mit Max draußen«, meinte Paula.

»Ja, ich habe heute ein bisschen verschlafen, die Nacht war sehr unruhig«, log Herr Wilson ein wenig.

»Aber bei ihnen haben wir doch gar nicht herumgehext«, wunderte sich Paula.

»Das stimmt und das ist auch sehr nett von euch, aber ich habe wohl etwas unruhig geträumt und Max hat auch sehr lange geschlafen.«

»Dürfen Michaela und ich nachher mal in ihre

Werkstatt kommen? Wir wollten doch mal sehen, wie weit die alte Puppe aus Rupfen vom Flohmarkt schon repariert ist.«

»Das passt aber heute gar nicht gut. Ich habe noch so viel zu erledigen, das machen wir ein andermal. Vielleicht am nächsten Samstag«, fügte Herr Wilson hinzu, als er Paulas enttäuschtes Gesicht sah.

»Na gut, vielleicht ist sie bis dahin ja schon fertig.« Paulas Enttäuschung war schon wieder verflogen.

Jetzt kamen die Beiden wieder zum Dorfrand zurück und nahmen ihre beiden Hunde an die Leine. Kurz darauf war Herr Wilson mit Max wieder zu Hause. Natürlich führte ihn sein erster Weg in die Werkstatt. Er war immerhin eine gute Stunde fort gewesen. So ganz traute er dem Frieden mit dem neuen Gast in seiner Werkstatt noch nicht. Willi begrüßte ihn fröhlich.

»Die obere Reihe habe ich durchgelesen. Das waren ein paar niedliche Kinderbücher, wie du schon sagtest. Es kamen zwar auch ein paar Räuber und Hexen darin vor, aber die machen Kindern sicher keine Angst. Ich war auch schon kurz in der Reihe darunter, als du mich gestört hast. Das ist ja ein tolles Märchen mit diesem Harry Potter.«

»Nun, als Märchen würde ich Harry Potter nicht gerade bezeichnen«, widersprach Herr Wilson.

»Aber Zauberer gibt es doch wohl auch nicht, also fällt es doch unter Märchen.«

Herr Wilson dachte nach.

«Irgendwie hast du ja recht. Aber du hast ja erst einen Band gelesen. Wenn du alle bisher erschienenen Bände gelesen hast, diskutiere ich gerne noch einmal mit dir.«

»Oh ja, du hast doch sicher noch etwas anderes zu tun, lass mich weiter lesen.«

»Na, toll, jetzt werde ich schon aus meiner eigenen Werkstatt heraus geworfen, das fängt ja gut an.«

Aber Herr Wilson lachte dabei, also war er nicht böse.

Er rief nach Max, der ihm bereitwillig in den großen Garten folgte.

»Max, ich glaube, jetzt muss ich wirklich bald den Rasen mähen. Das Gras steht ganz schön hoch. Aber heute am Feiertag geht das nicht, sonst kriegen wir Ärger.«

Max fand das etwas höher stehende Gras immer ganz toll. Er warf sich auch jetzt wieder auf den Rücken, streckte seine Beine in die Luft und wälzte sich begeistert hin und her. Leider machte er das in einem unbewachten Augenblick auch schon mal auf der Wiese und besonders gern in einem dicken Kuhfladen. Max war dann nicht mehr tiefschwarz, sondern schwarz-grün gesprenkelt. Und natürlich stank er entsetzlich, sodass dann sofort der Gartenschlauch in Aktion treten musste. Aber das fand Max nicht schlecht, denn ein echter Labrador liebt das

Wasser. Es hatte auch einige Zeit gedauert, bis Max verstanden hatte, dass der hinten im Garten angelegte Teich für ihn tabu war. Seine scharfen Krallen hätten die Folie am Teichrand sonst sicher schnell mit einem Lochmuster versehen.

Herr Wilson holte sich aus seinem Gewächshaus ein Tablett mit vielen kleinen Pflanzen und brachte es nach draußen.

»Es ist ja eigentlich noch ein bisschen früh Anfang Mai, aber sie sind schon so groß, dass sie dringend nach draußen müssen. Zur Not muss ich sie später noch einmal abdecken.«

Auch Unkraut konnte er schon wieder genug jäten, sodass die nächsten Stunden sehr schnell verflogen. Max raste zwischendurch immer mal wieder zum Gartentor, um Vorübergehende zu begrüßen. Manchmal brachte er einen seiner alten Tennisbälle mit und stupste ihn durch die Stäbe in der Hoffnung, dass jemand das Spiel mitmachte und den Ball zurück in den Garten warf. Oft hatte er damit Glück und versuchte es dann gleich noch einmal.

Nach ein paar Stunden ging Herr Wilson ins Haus, um nach der Gartenarbeit zu duschen. Natürlich ging er durch die Werkstatt, um nach seinem neuen Hausgast zu sehen.

»Na, Willi, war dir auch nicht langweilig?« wollte er wissen.

»Bestimmt nicht, solange hier noch genug Bücher

herumstehen, die ich noch nicht gelesen habe. Was hast du da draußen gemacht?«

»Ich habe schon mal einige der selbst gezogenen Pflanzen aus dem Gewächshaus geholt. Das wurde denen in den kleinen Töpfen dort langsam zu warm«, erzählte Herr Wilson.

»Wenn das mal nicht zu früh war, die Eisheiligen sind doch noch gar nicht vorbei«, wunderte sich Willi. Herr Wilson wunderte sich auch.

»Woher weißt du das denn nun schon wieder?« fragte er verdutzt.

»Das kann man überall nachlesen, da stehen doch genug Gartenbücher in deinem Regal. Ich habe mal in eines reingeschaut.«

Willi konnte gar nicht verstehen, dass Herr Wilson so verwundert war.

»Ich vergesse immer noch, dass du ja ein Superschnellleser bist«, lachte er. »Und was mich noch mehr wundert, dass du das offenbar auch alles behalten kannst, was du da so schnell liest.«

»Ist doch klar, mein Gehirn funktioniert wie bei einem Computer, was da einmal reingegeben wurde, bleibt drinnen, wenn es niemand löscht. Das müsstest du doch von früher aus deinem Beruf noch wissen.«

»Ja, aber.. Ach, ich gebe es auf, das alles zu begreifen.«

Herr Wilson schüttelte wieder einmal den Kopf, ging ins Haus, duschte und machte sich sein Abendbrot.

Die nächsten vier Tage passierte nichts Aufregendes. Herr Wilson war einige Male mit dem Auto unterwegs. Er musste einige Dinge aus der Gärtnerei besorgen. Ein Mal musste er mit Max zum Tierarzt, damit der seine jährliche Tollwutimpfung bekam. Der erste Hund, den Herr Wilson vor vielen Jahren hatte, versuchte sich immer vor dieser Spritze zu drücken. Er hatte fürchterliche Angst beim Tierarzt. Anders Max, dem machte das gar nichts aus. Er schielte nur immer nach den Leckerlis, die er von der Frau des Tierarztes bekam. In der Zwischenzeit hatte er dann schon seine Impfung bekommen und den Piekser wohl gar nicht bemerkt.

Am Freitag Morgen wunderte sich Herr Wilson, dass Willi so einsilbig war, als er mit seiner letzten Tasse Kaffee vom Frühstück in die Werkstatt kam.

»Was ist los, du redest ja heute gar nicht wie ein Wasserfall?« fragte er.

»Ich bin jetzt unten rechts im Bücherregal angekommen, ich habe nichts mehr zu lesen«, maulte er.

»Ja, da du alles behältst, was du einmal gelesen hast, liest du sicher auch nie ein Buch zweimal, wie ich das mit einem besonders guten Buch schon mal tue.«

Mit diesen Worten legte Herr Wilson die beiden Tageszeitungen, die er jeden Morgen bekam, vor sich auf die Werkbank.

»Oh, was ist das? Hast du mir gleich ein neues Buch

mitgebracht?« rief Willi begeistert.

»Wieso, ich habe doch gar nicht..., ach du meinst die Zeitungen. Natürlich, da hast du gleich wieder etwas zum Lesen, damit du wieder zufrieden bist. Die werde ich dir jetzt jeden Morgen bringen, wenn ich sie ausgelesen habe, da kannst du dir dann den Kopf über die hohe Politik, die Wirtschaftsneuigkeiten und wer weiß was zerbrechen.«

»Warum soll ich meinen Kopf zerbrechen?« fragte Willi erschrocken. Herr Wilson musste fürchterlich lachen.

»Das ist doch nicht wörtlich gemeint, nur so eine Redensart, dass man sich Gedanken über irgendetwas Bestimmtes macht. Ich glaube, irgendwo habe ich noch so ein altes Buch über Redewendungen. Das werde ich dir mal heraussuchen, dann brauche ich dir nicht mehr so viel zu erklären.«

Herr Wilson wollte gehen.

»Halt, warte mal. Du hast also noch mehr Bücher als diese hier?« fragte Willi hoffnungsvoll.

»Aber sicher, ein ganzes Zimmer voll. Das hier sind nur die Fachbücher, die ich in der Werkstatt brauche und die alten ausrangierten Kinderbücher.«

»Was für ein Glück, ich dachte schon, es gäbe hier nichts mehr zu lesen. Wann kann ich die anderen Bücher lesen?«

»Langsam, langsam, jetzt hast du erst einmal die Zeitungen und morgen sehen wir weiter. Jetzt muss ich aber los, sonst verpasse ich meinen ersten Termin.«

Am nächsten Morgen, Herr Wilson saß noch bei seiner letzten Tasse Kaffee, klingelte es an der Tür. Durchs Fenster sah er Paula mit ihrer Collie-Hündin Emma vor der Tür stehen. Er öffnete das Fenster.

»Herr Wilson, sie hatten doch versprochen, dass ich heute die reparierte Puppe ansehen darf. Und vielleicht kann Emma auch ein bisschen mit Max im Garten herumtollen, sie war so lange nicht mehr hier.«

»Ach du meine Güte, das habe ich ja ganz vergessen«

»Aber sie hatten doch extra gesagt am Samstag«, Paula klang enttäuscht.

»Ja, ja, natürlich, es ist ja auch in Ordnung. Geh doch schon mal hinten in den Garten, ich lasse dann Max heraus.«

Paula rannte mit Emma ums Haus herum und nun musste sich Herr Wilson ganz schön beeilen. Dass er das auch vergessen hatte. Er scheuchte Max in den Garten. Dann lief er schnell in die Werkstatt und nahm Willi aus dem Regal. Er lief eilig mit ihm in den Flur, sah sich um und überlegte. Willi protestierte:

»Was ist denn jetzt los, mir wird ganz schwindelig, was rennst du denn so?«

»Entschuldige, es kommt überraschend jemand und da musst du ganz schnell hier weg.«

»Wieso denn, ich fände Besuch auch mal ganz lustig«, maulte Willi.

»Na, du bist gut, wie soll ich dich denn erklären, das gäbe doch einen Aufstand hier im Dorf.«

Herr Wilson öffnete die Tür seines Arbeitszimmers und setzte Willi eilig auf seinen Stuhl.

»Verhalte dich bloß absolut ruhig, sonst ....«

»Was sonst?«, fragte Willi provozierend.

»Sonst versenke ich dich im nächsten See«, lachte Herr Wilson und schloss die Tür hinter sich.

Paula spielte draußen im Garten mit den beiden Hunden. Max hatte seine im Garten verstreuten Bälle angebracht und so liefen beide Hunde abwechselnd hinter den Bällen her, um sie dann zurück zu bringen. Mit seinem Spielzeug war Max immer sehr großzügig, wenn andere Hunde zu Gast in seinem Garten waren.

»Na, Paula, dann komm mal in die Werkstatt.«

Er zeigte ihr die fast fertige Puppe.

»An dem einen Arm muss ich noch etwas reparieren. Ich will auch nicht zu viel neu machen. Sie soll ja überwiegend so bleiben, wie sie war. Und den linken Schuh muss ich noch etwas nachnähen. Ich habe mir gestern erst neue Ledernadeln besorgt.«

Er hielt ihr die Puppe hin. Paula strich andächtig über das reparierte Puppengesicht. Sie hatte die Puppe in ihrem ramponierten Zustand gesehen und gar nicht geglaubt, dass die mal wieder so aussehen würde.

»Ich glaube, so etwas möchte ich später auch mal

machen«, meinte sie. »Aber was ist denn eine Ledernadel, sie haben doch hier genug Nähnadeln?« wollte sie wissen.

»Hier schau sie dir an, Ledernadeln haben ganz scharf zugeschliffene Kanten, damit man besser durch das Leder kommt. Sonst wäre das mit normalen Nähnadeln eine elendige Quälerei«, erklärte Herr Wilson.

»Könnte man damit auch ein Puppentäschchen nähen, wenn man ein Stückchen Leder hat?« wollte Paula wissen.

»Ja, natürlich. Ich verstehe schon, da haben wir doch gleich wieder eine Idee für unsere Kinder-Weihnachtsbasteleien.«

Herr Wilson hatte im letzten Jahr mit den Kindern der Nachbarschaft kleine Weihnachtsgeschenke für Eltern und Geschwister in seiner Werkstatt gebastelt. Es hatte allen viel Spaß gemacht und der Gedanke hatte sich durchgesetzt, das selbstgemachte Geschenke viel schöner sind als schnell gekaufte Dinge. Da war jetzt also schon wieder eine erste Idee für die nächste Bastelstunde entstanden.

Im dem Moment hörte man eine Stimme aus dem Inneren des Hauses.

»Ist da jemand bei ihnen drinnen. Ich habe jemanden sprechen gehört?« wunderte sich Paula.

Herr Wilson hatte es auch gehört und einen gehörigen Schreck bekommen.

»Ach, ich habe vergessen, das Radio abzuschalten.« Zum Glück war ihm das noch eingefallen.

»Aber jetzt hole mal deinen Hund wieder aus dem Garten. Ich muss auch noch ein bisschen arbeiten.«

Emma und Max hatten sich müde gelaufen und lagen jetzt friedlich beieinander im Gras. Emma bekam noch ein Stück Hundekuchen mit auf den Weg. Sie wusste ganz genau, dass Herr Wilson am Tor zum Abschied immer so etwas aus seiner Hosentasche zauberte. Und Max natürlich auch.

Herr Wilson stürmte ins Haus zurück und in sein Arbeitszimmer.

»Was um des Himmels Willen ist hier los? Nennst du das leise sein? Man konnte dich bis in die Werkstatt hören. Zum Glück fiel mir noch das Radio ein als Ausrede.«

Herr Wilson war schon ein bisschen böse.

»Entschuldigung, aber ich habe deine Zeitungen gelesen. Das ist ja schrecklich, was da manchmal drin steht.«

Aber schon fiel ihm etwas anderes ein.

»Was ist eine Radio-Ausrede?«

»Willi, du nervst manchmal wirklich. Ich habe gesagt, das Radio fiel mir als Ausrede ein, als plötzlich deine laute Stimme erschallte und Paula sie natürlich auch hörte. Das ist ein Radio.« Damit drückte er auf eine Sendertaste des Radios, das in seinem Arbeitszimmer stand.

Hätte Willi sich bewegen können, wäre er sicher aus dem Sessel, in den ihn Herr Wilson gesetzt hatte, aufgesprungen. So stieß er nur einen Schrei aus:

»Ich wusste doch, es gibt noch andere sprechende Roboter. Jetzt kann ich mich unterhalten und muss nicht immer auf dich warten. Wie heißt du denn?«

Aber er bekam keine Antwort. Der Sprecher im Radio sprach weiter seinen Text.

»Du könntest mir ruhig antworten, wenn ich dich etwas frage.«

Willi ärgerte sich sichtlich.

»Das kann er nicht, weil er dich gar nicht hört«, beruhigte ihn Herr Wilson.

»Oh Schreck, er kann nur reden. Ist er taub?«

»Ja und nein«, Herr Wilson musste lachen.

»Also entweder ja oder nein, soviel weiß ich nun auch schon. Du willst mich wohl auf den Arm nehmen«, sagte Willi erbost.

»Oh, ich merke, du hast das Buch der Redensarten auch schon gelesen.«

»Natürlich, es lag ja da auf deinem Schreibtisch.«

Jetzt klang Willi ein bisschen beleidigt.

»Du brauchst gar nicht so zu maulen, ich will dich nicht auf den Arm nehmen. Das Radio, das ist dieser Kasten hier, kann dich nicht hören. Der Mann, der da spricht, ist viele Kilometer weit weg von hier. Er kann schon hören, aber nicht, was du hier sagst. Dafür können ihn aber Tausende von Menschen hören, wenn sie an ihrem Radio dieselbe Taste drücken wie ich gerade. Moment...«

Herr Wilson hob die Hand, weil er sah, dass Willi fast vor Ungeduld platzte, weil er so viele Fragen hatte.

»Lass mich doch erst mal zu Ende erklären, bevor du mich mit Fragen löcherst. Ich kann auch andere Tasten drücken, dann bekomme ich einen anderen Sender und jemand anderes erzählt etwas. Oder ich höre Musik. Das ganze wird von weit her übertragen. Hier in dem Gerät spricht niemand.«

Herr Wilson musste erst mal Luft schöpfen. Willi sagte nichts.

»Das verstehst du anscheinend nicht so ganz. Es ist ja auch nicht einfach. Aber ich habe eine Idee. Wir können uns die Sache doch erleichtern. Ich lerne schließlich auch dazu. Ich suche dir mal ein tolles Buch heraus über Radiotechnik. Ich glaube, ich habe sogar zwei. Das alte Buch, das Kindern das Radio erklärt und ein richtiges Fachbuch für Erwachsene. Da habe ich dich heute Abend schon mal beschäftigt, ohne mir den Mund fusselig zu reden.«

Herr Wilson suchte die beiden Bücher, klemmte sie sich unter den Arm, nahm Willi auch hoch und brachte Willi und die Bücher zurück in die Werkstatt. Er setzte Willi in das Regal neben den dicken Bär und die schöne Hilde und legte die Bücher auf den Tisch.

»Ich stelle die Bücher nicht in das Regal hier, damit ich morgen nicht vergesse, sie gleich wieder an Ort und Stelle zu bringen. Du kannst sie ja von überall lesen. Und ich habe in meinen Büchern immer gerne meine eigene Ordnung, damit ich alle wieder finde. Viel Spaß beim Lesen und Morgen bin ich mal gespannt, was du alles neu dazu gelernt hast.«

Am nächsten Tag hatte Herr Wilson einen zeitigen Termin beim Zahnarzt, nichts Schlimmes, nur eine Vorsorgeuntersuchung. Herr Wilson hatte Glück mit seinen Zähnen, er hatte sie trotz seines Alters noch alle. Er muss bei seinen Zahnarztbesuchen immer noch heimlich lachen, wenn er an einen vor zwei Jahren notwendigen kleinen Eingriff im Krankenhaus denkt. Vor der Narkose forderte ein junger Arzt ihn auf, seine Zähne herauszunehmen.

»Nein«, sagte Herr Wilson nur und bevor der Arzt protestieren konnte, setzte er hinzu: »Das kann ich nicht, da das noch alles meine eigenen Zähne sind.«

Natürlich mussten alle lachen.

Nach dem Zahnarztbesuch ging Herr Wilson noch Einkaufen, das dauerte alles seine Zeit. Als er zurückkam, hörte er schon beim Öffnen der Flurtür lautes Bellen von Max. Das verstummte aber sofort, als Herr Wilson hereinkam, aber aus der Werkstatt schallte lautes Geschimpfe.

»Was ist denn hier los?« wunderte sich Herr Wilson und ging in die Werkstatt.

»Da bist du ja endlich«, wurde er begrüßt.

»Was machst du denn hier für einen Radau? Max

spielt auch schon verrückt da draußen im Flur.«

Max hatte sich hinter Herrn Wilson in die Werkstatt gedrängt und bellte den kleinen Blechmann an.

»Wenn du mich so lange allein lässt, muss ich mir eben selbst laut was erzählen, wenn sonst keiner zuhört«, maulte Willi.

»Also erlaube mal, ich habe auch noch etwas anderes zu erledigen als dir zuzuhören. Und wenn du hier noch mal einen solchen Lärm veranstaltest, kommst du demnächst in den Keller, wenn ich länger weg muss.«

Herr Wilson war ein bisschen ungehalten.

»Außerdem hatte ich dir doch ein paar neue Bücher dagelassen.«

»Die habe ich doch längst ausgelesen, ich meine doch nur, dass du mir vielleicht Bescheid sagen könntest, wenn du solange weggehst«, sagte Willi ein ganz klein wenig zerknirscht.

»Na gut, ich werde mir angewöhnen, mich abzumelden bei dir und du versprichst, Ruhe zu halten, wenn ich nicht da bin.«

»Einverstanden«, strahlte Willi.

»Die beiden Bücher hast du also schon wieder durch. Ich habe zwar noch eine ziemlich große Bibliothek, aber irgendwann werde ich Probleme bekommen, dir neuen Lesestoff zu beschaffen. Bist du jetzt vollkommen informiert über das Radio, beziehungsweise den Rundfunk, wie es ja eigentlich heißt?«

»Natürlich, es stand ja alles drin in den Büchern über drahtlose Wellen, Kurzwellen, Mittelwellen und UKW. Weißt du eigentlich, wann die erste Sendung aus Berlin über den Rundfunk zu hören war?« fragte Willi stolz.

»Irgendwann Anfang des vorigen Jahrhunderts, ich war jedenfalls noch gar nicht auf der Welt«, musste Herr Wilson zugeben. »Aber ich bin sicher, du sagst mir gleich den genauen Tag«, fügte er noch schnell hinzu.

»Am 29. Oktober 1923«, verkündete Willi stolz.

»Dachte ich es mir doch«, murmelte Herr Wilson.

»Ach Karl, könntest du vielleicht bei deinen Büchern mal suchen, ob du noch welche über Telegraphie und über Philipp Reis findest und vielleicht auch noch...«

Willi war begeistert.

«Halt, Willi, möchtest du dann gleich auch noch alles über Graham Bell und Werner von Siemens haben?« warf Herr Wilson ein.

»Du kennst die alle«, staunte Willi.

»Natürlich, das habe ich auch einmal alles in der Schule gelernt, nur dass nicht jedes Datum und jeder Name, von dem ich in meinem langen Leben mal gehört oder gelesen habe, noch so fest in meinem Gedächtnis verankert wäre wie bei dir. Aber ich weiß ja, wo ich es nachlesen kann, wenn ich etwas vergessen habe.«

»Nun sei doch nicht beleidigt«, beschwichtigte Willi.

»Ich muss doch alles zum erstenmal in mein Gedächtnis bringen, wozu du schon ein ganzes Leben Zeit hattest.«

»Du hast ja Recht, Willi, es ist nur für mich auch so faszinierend, wie schnell du liest und dazu noch alles behältst. Daran muss ich mich erst gewöhnen.«

Inzwischen war Max zur Haustür gelaufen und jaulte.

»Ach ja, der arme Max kommt wirklich zu kurz, soviel Zeit verbringe ich mit dir, Willi. Er muss wohl dringend nach draußen.«

Herr Wilson holte die Leine und Max zog ziemlich kräftig, so eilig hatte er es, hinaus auf die Wiesen zu kommen, denn in den eigenen Garten machte er wirklich nur in äußersten Notfällen.

»Max, wir müssen unser Zusammenleben irgendwie neu regeln, ich sehe ein, dass du zu kurz kommst. Das müssen wir ändern. Aber dieser neue Mitbewohner hält mich so auf Trab.«

Max bellte einmal kurz, als hätte er verstanden. Jedenfalls wurde es ein schöner langer Spaziergang und Max schien auch wieder zufrieden zu sein.

Wieder zu Hause, packte Herr Wilson den vom Bäcker mitgebrachten Kuchen aus und fing an, im Esszimmer einen hübschen Kaffeetisch zu decken. Er hatte gerade den Kaffee aufgesetzt, als Max jaulend in die Küche gelaufen kam. Und schon hörte Herr

Wilson wieder das laute Rufen von Willi aus der Werkstatt.

»Hast du mich eigentlich vergessen?«

Max schien ziemlich genervt zu sein von Willis Geschrei.

»Ach du meine Güte, ich wollte dir ja die Bücher heraussuchen.«

Damit kam Herr Wilson in die Werkstatt.

»Willi, das mache ich gleich, ich weiß, ich hatte es versprochen. Aber weißt du, Max hat auch seine Rechte in diesem Hause und er hat sogar erheblich ältere Rechte, wenn ich es überlege. Ich muss mir mal überlegen, wie ich dir Zugang zu meinen Büchern verschaffe. Ich kann sie ja nicht alle hier herüber in die Werkstatt schaffen. Vielleicht musst du dann umziehen, um uns die Sache einfacher zu machen«, überlegte Herr Wilson.

»Toll, dann werde ich auch sicher nicht mehr so lästig sein, wenn ich mich selbst bei deinen Büchern bedienen kann. Wann kann ich umziehen?«

»Moment, heute noch nicht. Heute musst du zwar auch umziehen, aber nicht in die Bibliothek. Ich bekomme nämlich gleich Gäste und die werden sicher auch mal in die Werkstatt gehen.«

»Dann kann ich doch gleich in die Bibliothek«, freute sich Willi.

»Nein, da werden wir sicher auch mal hinein müssen.«

»Aber, wenn ich ganz leise bin, bemerkt ihr mich doch gar nicht«, meinte Willi hoffnungsvoll.

»Du und leise, das müssen wir aber noch ein wenig üben. Heute ist mir das noch zu riskant. Ich bringe dich für heute nach oben in mein Schlafzimmer und nehme dir die versprochenen Bücher mit, einverstanden?«

»Na gut, ich wäre zwar lieber bei den ganzen Büchern geblieben, falls deine Gäste mal sehr lange bleiben.«

Willi protestierte ein wenig.

»Willi, heute kannst du schon mal üben, dich absolut leise zu verhalten, wenn andere Leute im Hause sind, sonst bekommen wir Probleme miteinander und in den Keller, der relativ schalldicht ist, möchtest du doch sicher nicht.«

Herr Wilson war nun sehr ernst geworden und Willi merkte, dass es jetzt besser war, Ruhe zu geben.

Also trug Herr Wilson Willi in sein Schlafzimmer und setzte ihn auf den Stuhl neben seinem Bett. Als nächstes brachte er drei dicke Bücher über Telegrafie, Telefone und gleich noch über Fernsehen mit.

»Ich habe dir gleich noch ein Buch über die Geschichte des Fernsehens mitgebracht. Wenn du demnächst in der Bibliothek sitzt, wird sicher schon bald deine erste Frage nach dem großen Kasten in der Ecke kommen. Da hast du hoffentlich genug Beschäftigung für heute Nachmittag und denke daran, ich will keinen Laut aus diesem Zimmer hören.«

Herr Wilson musste sich jetzt um seinen Kaffee kümmern, die Gäste sollten bald eintreffen.

Willi verhielt sich vorbildlich an diesem Nachmittag. Offenbar hatte Herrn Wilsons Drohung mit dem Keller gewirkt oder die Bücher waren so interessant, die es zu lesen gab.

Am nächsten Tage bekam Willi seinen Sitzplatz in Herrn Wilsons Bibliothek. Nun war er glücklich. Er las und las, was er unter die Augen bekam. Da waren Reiseberichte über alle möglichen Länder der Erde. Zum Teil hatte Herr Wilson diese Länder schon bereist. Jetzt hatte er große Freude daran, mit Willi darüber zu diskutieren und damit alte Erinnerungen wieder aufzufrischen. Willi hatte auch schnell begriffen, dass Herr Wilson nicht immer mit ihm diskutieren und reden wollte. Besonders, wenn er selbst ein Buch auf dem Schoss hatte und las, wollte er nicht gestört werden.

»Bücher sind doch etwas Tolles«, meinte Willi eines Tages. »Ich verstehe gar nicht, warum manche Kinder nicht so gerne lesen, sondern lieber den halben Tag vor dieser Flimmerkiste sitzen.«

Mit Flimmerkiste meinte Willi den Fernsehapparat, den Herr Wilson ihm inzwischen auch erklärt hatte.

»Da gibt es doch nur ab und zu etwas wirklich Interessantes zu sehen.«

»Ach Willi, nicht nur viele Kinder, sondern auch eine

Menge Erwachsener sitzen täglich viele Stunden vor dieser sogenannten Flimmerkiste«, klärte Herr Wilson ihn auf. »Wenn sie früher nicht gelernt haben, wie schön es ist, ein Buch zu lesen, woher soll das Interesse dann später kommen?«

Willi jedenfalls las eifrig weiter, als nächstes die Geschichtsbücher und da er außerdem jeden Morgen auch Herrn Wilsons ausgelesene Tageszeitungen las, hatten die Beiden eine Menge zu diskutieren.

Herr Wilson war glücklich. Bald konnte er es sich gar nicht mehr vorstellen, wie es einmal ohne seinen Gesprächspartner Willi gewesen war. Auch Willi war zufrieden. Nur merkten die Beiden gar nicht, dass einer aus ihrem Haushalt gar nicht glücklich und zufrieden war. Max fühlte sich überflüssig. Zwar ging Herr Wilson natürlich jeden Tag mehrmals mit ihm über die Felder und Wiesen der Umgebung, aber trotzdem war irgend etwas anders geworden.

Herr Wilson hatte in Ermangelung eines anderen Gesprächspartners ja auch immer mit seinem Hund geredet, ihm etwas erzählt, ihm das eine oder andere gezeigt und sich gefreut, wenn Max das Gesagte anscheinend verstanden hatte.

Das war jetzt seit einiger Zeit anders geworden, aber außer Max merkte das anscheinend niemand. Max war traurig, ja zuweilen war er richtig eifersüchtig auf Willi. Wenn Herr Wilson mal nicht da war, knurrte er Willi schon mal aus heiterem Himmel heraus an. Aber

Willi interessierte das gar nicht.

»Sei still, ich muss lesen«, sagte er dann nur mal und Max war wieder still.

Wenn Herr Wilson von einer Fahrt oder aus dem Dorf nach Hause kam, ging er immer zuerst in die Bibliothek und begrüßte Willi. So auch heute. Herr Wilson war nur einmal kurz bei einem Nachbarn gewesen. Er hatte die Haustür gar nicht abgeschlossen, Max lief im Hof und Garten umher und es war sehr heiß. Bei diesem Wetter lief Max zwischendurch gerne in den kühlen Hausflur, deshalb standen die Türen offen. Jetzt lag Max aber draußen unter der großen Eiche, wo es ja auch schön kühl war. Herr Wilson brachte die von seinem Nachbarn geholten Werkzeuge in die Werkstatt und ging dann in sein Zimmer, um sich ein bestimmtes Buch zu holen.

»Hallo Willi, ich bin wieder da«, rief er. Er wollte mit seinem Buch den Raum schon wieder verlassen, als ihm auffiel, dass er gar keine Antwort bekommen hatte.

»Na, du scheinst ja sehr vertieft in ein Buch zu sein.«

Er dreht sich zu Willi um, dass heißt, er drehte sich dahin um, wo Willi eigentlich hätte sein sollen. Aber kein Willi saß mehr auf dem Stuhl. Herr Wilson ging auf die Knie und schaute unter dem Stuhl nach. Es hätte ja sein können, dass Max gegen den Stuhl gestoßen war und Willi dadurch herunterfiel. Manchmal raste

Max wie wild durch die Zimmer und da fiel schon mal etwas um. Aber auch unter dem Tisch und unter den Bücherregalen war kein Willi zu finden.

»Das gibt es doch nicht, Max, hast du eine Ahnung, wo Willi ist?«

Aber Max war immer noch nicht im Hause, er lag noch unter der Eiche. Herr Wilson ging nach draußen und rief nach ihm. Aber Max hob nur kurz den Kopf und blieb liegen.

»Max, komm her.«

Herrn Wilsons Stimme wurde lauter. Das war er gar nicht gewohnt, dass Max nicht hörte. Langsam erhob sich Max und kam zum Haus.

»Max, Willi ist weg, weißt du, wo er ist?«

Als ob Max ihm antworten könnte. Aber verstehen konnte Max solche Fragen wohl doch, denn manchmal führte Max seinen Herrn nach einer derartigen Frage zu der Stelle, wo sich der gesuchte Gegenstand befand oder holte ihn sogar selbst. Diesmal jedoch nicht. Max gab nur einen merkwürdigen Heulton von sich und legte sich auf den Boden.

»Das ist ja merkwürdig. Sich selbst bewegen kann Willi ja nicht. Wo kann er denn nur sein? Es gibt doch hier keine Langfinger. Oder muss ich doch demnächst hier alles abschließen?«

Herr Wilson wusste nicht mehr weiter.

»Max, war jemand hier?«

Herr Wilson sah seinen Hund eindringlich an, aber

Max drehte den Kopf beiseite. Herr Wilson sah sich genauer im Hof um, konnte es sein, dass Max den kleinen Roboter mit hinausgenommen hatte? Aber das hatte Max noch nie versucht, obwohl er sonst alle möglichen Dinge in Hof und Garten herumschleppte. Aber von Willi war nichts zu sehen. Da fiel Herrn Wilson ein, in diesem Falle konnte er Willi ja finden, in dem er im Garten und dem Hof herumging und nach Willi rief. Schließlich konnte der Roboter ja antworten. Herr Wilson spazierte eine Stunde auf seinem Grundstück umher und lief auch noch auf der Straße rund ums Haus, aber nichts war zu hören. Komisch war nur, dass Max ihm nicht folgte, wie er es sonst immer tat.

Nach einer weiteren Stunde gab Herr Wilson die Suche auf und ging ins Haus. Es wäre Abendbrotzeit gewesen, aber Herr Wilson hatte keinen Hunger. Etwas fehlte im Haus. Es war merkwürdig still ohne das Geplapper des kleinen Blechmannes.

»Komm Max, wir machen noch einen ausgiebigen Abendspaziergang, ich muss nachdenken.«

Herr Wilson griff die Hundeleine und Max kam freudig mit dem Schwanz wedelnd zu ihm. Herr Wilson lief über eine Stunde mit Max über die Wiesen, warf ihm die Stöckchen und Max war begeistert wie immer. Als sie wieder zu Hause waren, nahm sich Her Wilson das Buch vom Vortage und setzte sich in seinen Sessel im Wohnzimmer. Max legte sich auf seine Füße, wie er es früher immer gerne getan hatte. Aber Herr

Wilson konnte nicht lesen. Zu viele Gedanken geisterten durch seinen Kopf. Ihm fiel ein, dass er lange nicht mehr in diesem seinem Lesesessel gesessen hatte. Er war in letzter Zeit immer in seinem Arbeitszimmer gewesen und hatte da gelesen, sicher, weil Willi auch dort war. Gedankenverloren strich Her Wilson Max über den Kopf. Max gab ein wohliges Knurren von sich, dass eigentlich gar kein Knurren war, sondern so ein Wohlfühllaut.

»Max, ich bin ein Trottel. Ich habe so einen Spaß an den Gesprächen mit Willi gehabt, dass ich ganz vergessen habe, dass du diese Ansprache auch brauchst, auch wenn du nicht mit Worten antworten kannst.«

Herr Wilson nahm sich vor, seinem Hund wieder die Aufmerksamkeit zukommen zu lassen, die er ihm aus Gedankenlosigkeit eine ganze Weile entzogen hatte.

In dieser Nacht schlief Herr Wilson sehr unruhig. Er meinte immer, Willis Stimme zu hören, aber wahrscheinlich träumte er das nur. Am nächsten Morgen nach dem Frühstück war Herr Wilson mit der gelesenen Morgenzeitung und der letzten Tasse Kaffee in der Hand schon unterwegs zu seinem Arbeitszimmer, als ihm einfiel, dass da heute niemand auf die Zeitung wartete. Herr Wilson war sehr traurig und Max merkte das anscheinend auch. Hunde haben ja ein feines Gespür für die Stimmungen ihres Menschen. Max schmiegte sich an die Beine seines Herrn.

»Ach Max, er fehlt mir sehr, aber wenn ich dich nicht mehr hätte, wäre das genauso schlimm. Ich hätte euch halt gerne alle beide behalten. Und sollten wir Willi jemals wiederfinden, werde ich meine Zeit gerecht unter euch aufteilen.«

Max sah Herrn Wilson mal wieder so an, als verstünde er jedes Wort.

An diesem Morgen musste Herr Wilson nach Fulda in seine Werkstatt fahren. Er wollte Max ins Haus bringen. Manchmal durfte Max im Auto mitfahren, da er ein begeisterter Autofahrer war und Herr Wilson ihn auch mal alleine im Wagen lassen konnte. Aber an diesem Tage war es zu heiß.

»Max , du musst heute hier bleiben, das ist nichts für dich im Auto, nun komm doch endlich ins Haus, ich muss fort.«

Aber Max machte keine Anstalten hereinzukommen.

»Dann lass ich dich im Garten und schließe das Tor ab, dein Wassernapf ist ja gefüllt und ich bin nicht lange weg.«

Herr Wilson fuhr los. Mit seinen Gedanken war er aber immer noch zu Hause. Max benahm sich in letzter Zeit schon etwas merkwürdig.

Als Herr Wilson nach einer guten Stunde wieder heim kam, wunderte er sich, dass Max ein feuchtes Fell hatte. Er konnte doch wohl nicht im Gartenteich gewesen sein, nein, Max wusste ganz genau, dass der Teich für ihn Sperrgebiet war. Doch irgendwie machte Max einen schuldbewussten Eindruck. Herr Wilson spazierte an das hintere Ende seines Gartens, wo er vor vielen Jahren einen kleinen Teich angelegt hatte. Das Wasser war trüb und total aufgewühlt.

»Max, hierher!«

Herrn Wilsons Stimme verhieß nichts Gutes. Max wusste genau, was nun folgte und kam deshalb erst nach der zweiten lauten Aufforderung. Es war eine ziemliche Standpauke, die er gehalten bekam. Er verdrückte sich auch ganz schnell wieder, als Herr Wilson mit seiner Strafpredigt fertig war. Max lief nach vorne zur Haustür, vor der eine kleine Bank stand und setzte sich daneben. Herr Wilson betrachtete sich noch eine Weile seinen verunstalteten Teich und ging dann langsam zurück zum Haus. Er drehte sich plötzlich um zu seinem Hund, war ihm doch, als ob er etwas hörte, was eigentlich nicht möglich war. Und doch, das war doch Willis Stimme. Herr Wilson lief jetzt richtig schnell zu der Bank, neben der Max saß und da saß auch Willi. Das heißt, Willi lag mehr, als dass er saß. Wie ein nasser Sack hing er da auf der Bank und tropfte aus sämtlichen Öffnungen seines Blechkörpers. Auf dem Kopf hatte er ein Seerosenblatt und auf dem Bauch saßen zwei dicke Schnecken. Herr Wilson musste so laut lachen, dass sich ein paar Leute auf der Straße umschauten.

»Ich finde das gar nicht zum Lachen«, prustete Willi los. Prusten musste man das wirklich nennen, denn bei jedem Wort schoss ein Schwall Wasser aus seinem Gesicht. Herr Wilson nahm erst mal die zwei dicken Schnecken von Willis Bauch.

»Das Seerosenblatt steht dir eigentlich ganz gut als Hut, sollen wir es da lassen?«

Willi war sehr erbost.

»Nimm es bloß weg und vielleicht kannst du mich mal etwas trocken reiben.«

Herr Wilson tat, was Willi verlangte, konnte sich aber das Lachen nicht ganz verkneifen. Als er Willi trocken gerieben hatte, sah der kleine Blechmann schon wieder aus wie neu.

»Werde ich jetzt fürchterlich rosten, schließlich lag ich eine ganze Nacht in dem Teich?« jammerte Willi.

»Aber nein, deine Bleche sind doch verzinkt. Da rostet nichts und wenn du den ganzen Winter über im Teich liegst«, beruhigte Herr Wilson.

»Danke, die eine Nacht reicht mir voll und ganz. Und was da alles über mich hinweg gekrochen ist, igitt, igitt. Die zwei Schnecken waren ja noch das kleinste Übel, wenn die nur nicht so anhänglich wären. Weißt du eigentlich, was du alles in deinem Teich beherbergst?«

»Ich denke schon, Molche und Frösche zum Beispiel«, antwortete Herr Wilson.

»Das ist aber noch nicht alles. Gelbbrandkäfer, Rückenläufer und noch andere Viecher, von denen ich gar nicht weiß, was das war. Muss ich nachher erst mal nachlesen, was das gewesen sein könnte.«

Bei aller Entrüstung war Willi schon wieder wissbegierig.

Herr Wilson setzte sich auf die Bank neben Willi und zog aber zugleich Max zu sich heran und streichelte ihn. Er hatte bei aller Komik dieser Situation seit geraumer Zeit einen Verdacht, was sich hier abgespielt haben könnte. Nur wollte er dieses Mal nicht wieder alles falsch machen.

Und prompt ging es auch schon los.

»Den Max brauchst du gar nicht so liebevoll zu streicheln, der hat mich gestern in den Teich geworfen.«

Willi wartete hoffnungsvoll auf das Schimpfen mit Max.

»Das hatte ich mir jetzt schon fast gedacht.«

Herr Wilson war sehr nachdenklich.

»Willst du nicht mit ihm schimpfen, sonst macht er das womöglich öfter?« fragte Willi.

»Ich denke, das bringt im Augenblick nicht allzu viel. Und außerdem glaube ich, dass Max weiß, dass er gestern den größten Mist gebaut hat, wie man so treffend sagt. Wie bist du übrigens heute aus dem Teich heraus und hier auf die Bank gekommen?« wollte Herr Wilson wissen.

»Ja, äh.. Max hat mich wieder rausgefischt und hierher gesetzt. Ich weiß auch nicht, wieso.«

Willi hatte etwas gestottert.

»Ich denke, ich weiß warum. Es tat ihm wahrscheinlich leid, als er merkte, wie traurig ich war, dass du fort warst«, sinnierte Herr Wilson.

»Du warst traurig, als ich fort war?«

Die Freude in Willis Stimme war nicht zu überhören.

»Natürlich, denn ich habe mich ganz schön an deine Gesellschaft gewöhnt. Nur habe ich dabei übersehen, dass ich meinen Hund in letzter Zeit sehr vernachlässigt habe. Und Max war ganz traurig darüber. Also müssen wir uns jetzt etwas einfallen lassen, wie wir alle zu unserem Recht kommen. So gern ich mit dir plaudere, ich muss auch wieder mehr mit Max reden, das ist er so gewöhnt.«

»Aber er kann dir doch gar nicht antworten«, wandte Willi ein.

»Das macht nichts, aber er versteht mich, meistens wenigstens. In letzter Zeit scheint ihm etwas gefehlt zu haben. Sieh mal, Max hat auch gemerkt, dass mir gestern etwas gefehlt hat, als du so plötzlich weg warst oder was glaubst du, warum er dich heute wieder aus dem Teich gefischt hat? Er hätte dich doch auch drinnen lassen können und hätte mich wieder für sich alleine gehabt.«

»So habe ich das noch gar nicht gesehen. Ich war nur furchtbar wütend auf Max«, gab Willi zu.

»Wir werden das schon hinkriegen, dass alle zu ihrem Recht kommen und ich glaube eigentlich auch, dass Max dich mag«, beschloss Herr Wilson seine Rede.

Jetzt kehrte wirklich Frieden ein im Hause Wilson. Max bekam genügend Ansprache und Streicheleinheiten. Willi las sich nach und nach durch die ganze Bibliothek, bekam jeden Morgen die Tageszeitungen und einmal in der Woche noch eine Wochenzeitung. Am Abend gehörten zwei und manchmal auch drei Stunden dem Gespräch zwischen Willi und Karl.

Max legte sich dazu neben den Sessel von Herrn Wilson und war offensichtlich auch wieder zufrieden. Nur manchmal, wenn die Diskussion der Beiden zu laut wurde, stand Max auf und verschwand in seinem Korb, der im Flur stand. Aber das hatte er früher auch immer gemacht, wenn Herr Wilson vor dem Fernseher saß und das Geschehen für Max zu laut wurde. Herr Wilson und Willi sahen auch öfter zusammen etwas im Fernsehen an. Die Nachrichten sowieso und dann gab es noch einige Sendungen, die wirklich Karl und auch Willi interessierten. Willi hatte inzwischen auch gelernt, ruhig zu sein, wenn Herr Wilson telefonierte. Anfangs musste sich Herr Wilson immer Entschuldigungen ausdenken, wenn Willi im Hintergrund laut etwas von sich gab, während Herr Wilson sprach. Auch wenn Lieferanten oder Kurzbesucher hereinkamen, gab es mit Willi keine Probleme mehr. Er hielt brav den Mund, bis sie wieder weg waren.

Herr Wilson hatte als zweite Tageszeitung ein Blatt aus dem Vogelsberg abonniert, weil er auch immer auf dem Laufenden sein wollte über das Geschehen in der Region. Eines Tages war Willi nach der morgendlichen Zeitungslektüre ganz aufgeregt. Er rief laut nach Herrn Wilson, der in der Werkstat arbeitete.

»Was ist denn los? Du schreist ja, als ob es brennt«, meinte er, als er in die Bibliothek kam.

Auch Max kam ganz aufgeregt dazu. Er war es gar nicht mehr gewohnt, dass Willi so laut war.

»Hast du das denn nicht gelesen?« rief Willi ihm entgegen.

»Was denn? Gibt es wieder irgendwo Krieg, von dem ich noch nichts weiß?«

Herr Wilson hatte das mehr als Witz gemeint.

»Viel schlimmer, viel schlimmer!«

Willi konnte sich gar nicht beruhigen.

»Nun sag schon, was dich so aufregt. Eigentlich habe ich die Zeitungen doch auch sehr aufmerksam gelesen, was ist mir denn da so Schlimmes entgangen?« wunderte sich Herr Wilson.

»Da sind Tierfänger unterwegs. Die fangen Hunde und Katzen und verkaufen sie an Versuchslabore.«

Willi konnte sich gar nicht beruhigen.

»Ja, das geht immer mal wieder durch die Presse, die finden wohl immer noch Abnehmer für die armen Tiere.«

»Aber der Bericht ist nicht von irgendwo anders, sondern die letzten verschwundenen Tiere stammen hier aus den Nachbardörfern.« Willi war nicht zu beruhigen.

»Willi, hast du etwa Angst um Max?«

Herr Wilson schmunzelte.

»Natürlich, stell dir vor, die klauen Max. Hast du da keine Angst?«

»Ach Willi, Max streunt doch nicht in der Gegend herum, er ist immer bei uns im Garten und wenn wir unseren Spaziergang machen, bin ich doch dabei. Oder glaubst du etwa, ich lasse mir Max wegnehmen?« beruhigte Herr Wilson.

»Nein, das glaube ich natürlich nicht. Aber hast du auch gelesen, dass sich eine Bande von Einbrechern hier in der Gegend herumtreibt?« wollte Willi wissen.

»Ja, das habe ich schon beim Friseur gehört. Aber bis jetzt gab es erst einen Einbruch bei der Postfiliale und in ein Sportlerheim. Ich glaube nicht, dass bei uns jemand einbricht, da gibt es doch nichts zu holen. Und du glaubst doch wohl nicht, dass hier jemand einbricht, um unseren Max zu klauen.«

Jetzt musste Herr Wilson wirklich lachen.

»Na, hoffentlich hast du recht. Ich habe mich nämlich sehr an Max gewöhnt und er hört mir jetzt auch schon zu, wenn ich ihm etwas erzähle«, meinte Willi stolz.

»Hast du nicht noch vor kurzem gesagt, Max könne überhaupt nichts verstehen?« meinte Herr Wilson.

»Nun ja, da habe ich mich eben geirrt.«

Diese Erinnerung war Willi offensichtlich etwas peinlich. Jetzt erinnerte Herr Wilson sich, dass er manchmal, wenn er abends von einem Besuch bei Freunden heimkam, Max auf dem Boden vor Willis Stuhl schlafend vorfand. Offenbar hatten sich die Beiden inzwischen ziemlich angefreundet. Aber er sagte weiter nichts, denn er wollte Willi nicht in Verlegenheit bringen.

»Aber ich glaube, in ein Haus, in dem ein großer schwarzer Hund wie Max lebt, kommen Einbrecher nicht so gerne. Vor so einem Hund haben die doch Angst«, beruhigte Herr Wilson jetzt noch einmal.

»Aber Max ist doch so lieb und tut keinem etwas«, wandte Willi noch einmal ein.

»Das wissen doch Einbrecher nicht, dass Max so lieb ist und wir werden es keinem sagen, nicht wahr?«

Die Meldungen von verschwundenen Hunden und Katzen häuften sich. Herr Wilson ließ Max nicht aus den Augen, wenn sie spazieren gingen. Das Gartentor schloss er auch immer sorgfältig ab. Es würde zwar niemand abhalten, darüber zu klettern, schließlich war es nur 1,40 m hoch, aber es konnte so auch niemand aufklinken und Max herauslocken.

Eine Woche später war Herr Wilson abends zu einem Geburtstag eingeladen. Natürlich schloss er alle Türen sorgfältig ab.

»Willi, es wird heute etwas später. Hier drinnen lasse ich die Türen auf, ich weiß ja, dass Max sich gerne zu dir legt und dir zuhört. Da fällt mir ein, ich habe dir ja von einer Auktion eine Kiste Bücher mitgebracht, die habe ich erst mal in der Werkstatt auf dem Tisch ausgepackt.«

»Das ist ja toll, ich habe hier nicht mehr viel, was ich noch nicht gelesen habe. Kannst du sie mir denn noch herüberbringen?«

Willi war gleich Feuer und Flamme.

»Ach Willi. Dazu habe ich jetzt keine Zeit mehr. Aber weißt du was, ich setze dich für heute Abend noch mal in dein altes Regal, das geht schneller.«

So wurde es gemacht und Max kam gleich mit und legte sich mitten in der Werkstatt auf den Fußboden.

»Es ist nicht zu glauben mit den Beiden. Erst können sie sich nicht ausstehen und nun diese große Liebe.«

Aber Herr Wilson freute sich darüber. Das war ja auch schöner, als Ärger und Stress im Hause zu haben. Herr Wilson freute sich auch über den Besuch bei seinen Freunden. Er holte seinen Wagen aus der Garage und fuhr davon.

Willi brauchte zum Lesen kein Licht, also brannte in der Werkstatt auch kein Licht. Ein paar von den neuen Büchern hatte Willi schon gelesen, dann war er wohl ein bisschen eingenickt. Auch kleine Blechmänner schlafen manchmal. Er wurde aufgeschreckt durch das laute Bellen von Max, der wie wild vor der kleinen Hintertür der Werkstatt hin und hersprang.

»Sei mal ruhig, Max«, flüsterte Willi ganz leise.

Die Männer draußen vor der Tür waren nicht so leise, sie fühlten sich wohl sehr sicher. Vielleicht hatten sie Herrn Wilson mit dem Auto wegfahren sehen und das nächste Nachbarhaus war weit entfernt.

Willi hatte keine Ahnung, wie spät es war, jedenfalls war es draußen schon stockdunkel. Herr Wilson musste also schon länger weg sein. Draußen hörte man jetzt eine Stimme.

»Ich habe dir doch gesagt, hier gibt es einen Hund.«

Wie zur Bestätigung fing Max wieder an, laut und böse zu bellen.

»Das wusste ich doch längst«, hörte man eine andere Stimme, als Max gerade nicht bellte.

»Max, sei ruhig, ich muss hören, was die sagen«, flüsterte Willi wieder und Max gehorchte.

»Den Hund nehmen wir auch mit, da brauchen wir keinen auf der Straße zu fangen«, sagte wieder die erste Stimme.

»Bist du verrückt, ich gehe da doch nicht rein, wenn es einen Hund gibt«, widersprach der Zweite.

»Lass mich mal machen, ich habe vorgesorgt. Du hast doch den zweiten Sack mit dabei, wie ich es dir gesagt habe. Da stecken wir den Köter rein.«

»Der wird sich auch gerade von dir in einen Sack stecken lassen, haha, vorher wird er dir sicher einiges abbeißen«, lachte die andere Stimme.

»Mensch, sei nicht so laut, sonst haben wir gleich noch die Nachbarn auf dem Hals. Im Haus scheint wirklich niemand zu sein.«

»Ich habe keine Lust, mich mit einem Hund anzulegen, lass uns abhauen«, verlangte die erste Stimme.

»Nichts werden wir. Ich habe hier ein feines Schlafmittel in eine Scheibe Wurst gesteckt. Wir schneiden jetzt die kleine Scheibe über der Türklinke auf, bestimmt steckt der Schlüssel von innen. Dann werfen wir die präparierte Wurst hinein und warten ein paar Minuten und Bello wird ganz friedlich schlafen. Dann kannst du ihn ganz einfach in den Sack stecken. Ich sehe mir inzwischen in den anderen Zimmern an, was wir in dem zweiten Sack noch alles mitnehmen können.«

Willi bekam einen Riesenschreck. Er konnte gerade noch flüstern:

»Max nichts fressen«, als auch schon die Scheibe klirrte. Willi versuchte verzweifelt, sich zu erinnern, welche Worte Herr Wilson benutzt hätte, um Max vom Fressen der Wurst abzuhalten. Aber zu spät, Max hatte die gut duftende Wurst schon aufgefressen. Eine Zeitlang hörte man nichts. Plötzlich machte es Plumps und Max fiel um. Das hatten die Männer draußen auch gehört. Eine Hand schob sich durch die zerbrochene Scheibe und drehte den natürlich innen steckenden Schlüssel um.

»Komm bloß nicht auf die Idee, das Licht anzuknipsen, ich habe hier eine Taschenlampe. Und dann pack den Hund in den Sack und binde gut zu. Ich weiß nicht, wie lange die Betäubung anhält«, befahl einer der Männer.

Willis Gedanken überschlugen sich. Was sollte er

nur machen? Er war der Verzweiflung nahe. Max rührte sich nicht. Der eine Mann schob den Hund in den Sack, der andere band den Sack zu.

»Lass den Sack liegen, den nehmen wir nachher mit, jetzt wollen wir erst mal sehen, was es sonst noch zu holen gibt. Beeil dich, lange wird der Alte nicht mehr wegbleiben.«

Auf einmal erklang eine laute Stimme.

»Die Hände hoch, sonst habt ihr beide gleich ein hübsches rundes Loch im Kopf.«

»Wer war das?« kreischte der eine der Männer.

»Du als erster, wird's bald, die Pfoten hoch, ich sage es nicht noch einmal.«

»Bloß weg hier Peter«, schrie der erste Mann wieder, rannte zur Tür und stolperte dabei über den Sack mit Max, rappelte sich auf und stürmte in die Nacht hinaus.

Der zweite rannte genauso schnell, passte aber auf, dass er nicht auch über den Sack stolperte. Willi hörte von ferne das Gartentor klappern. Offensichtlich stiegen die Beiden in aller Eile hinüber, ohne auf den Lärm zu achten. Kurz darauf hörte man einen Motor starten und ein Auto mit quietschenden Reifen davonrasen.

Langsam begann Max, sich in dem Sack zu bewegen. Er versuchte, sich zu befreien, was aber nicht gelang. Sein Bellen hörte sich ein bisschen merkwürdig an.

»Max, es ist alles gut, du bist noch zu Hause, reg dich ab. Wir müssen nur leider warten, bis Karl heimkommt, denn ich kann dir da nicht raushelfen. Ich hoffe nur, dass die Kerle nicht noch einmal zurückkommen.«

Max gab wirklich Ruhe, vielleicht war er auch noch ein wenig benebelt.

Willi jammerte.

»Wenn ich mich doch nur bewegen könnte, dann würde ich die Kordel an deinem Sack aufbinden und du wärest wenigstens wieder frei, falls die Kerle noch einmal wieder kommen.«

Wie zur Antwort rollte sich Max mit Getöse in seinem Sack auf die Seite.

»Lass das sein Max, so kommst du nicht frei, du wirfst nur alles Mögliche um. Wir müssen halt warten, bis Karl kommt.«

Wie auf Kommando hörten sie ein Auto vorfahren und gleich darauf schloss Herr Wilson die Tür auf. Er wunderte sich, dass Max ihm nicht wie gewohnt entgegensprang. Max bellte zwar nie, wenn Herr Wilson die Tür aufschloss, aber er stand zur Begrüßung immer direkt hinter der Haustür.

»Da muss Willi dem Max wohl so viel erzählt haben, dass Max tief und fest schläft«, dachte Herr Wilson gerade, als er Willi laut rufen hörte.

»Hilfe, Karl komm schnell her!«

Herr Wilson rannte in die Werkstatt. Er sah zunächst gar nicht die zerbrochene Scheibe und die offen stehende Tür. Er sah nur einen sich unter merkwürdigen Tönen bewegenden Sack am Boden.

»Wo ist Max?« rief er zu Willi hinüber.

»Na, da drüben in dem Sack, nun lass ihn bloß schnell da heraus, sonst erstickt er noch«, schrie Willi aufgeregt zurück.

»Wie um Himmels Willen kommt Max in den Sack und zugebunden ist der ja auch noch«, wunderte sich Herr Wilson, während er Max aus dem Sack befreite.

Max schoss laut bellend hinaus in den Garten. Jetzt erst sah Herr Wilson die offene Tür.

»Einbrecher, hier waren zwei Einbrecher«, erklärte Willi mit piepsiger Stimme. Nun merkte er erst, welche Angst er gehabt hatte.

»Trotz Max sind die hier herein gekommen?« fragte Herr Wilson ungläubig.

»Die hatten eine Wurst mit Schlafmittel dabei und der blöde Max hat sie gefressen, obwohl ich ihm gesagt habe, er soll sie nicht fressen. Ich hatte die Männer doch vor der Türe gehört und wusste, was sie vorhatten.«

Langsam beruhigte sich Willi wieder.

»Sie wollten Max mitnehmen und an ein Labor verkaufen. Aber vorher wollten sie noch das Haus durchsuchen und wertvolle Dinge mitnehmen«, erzählte Willi.

»Na, da hätten sie wohl nicht viel gefunden, aber mit Max , das wäre schlimm gewesen.«

»Wenn sie vielleicht deine ganzen Bücher geklaut hätten, das wäre doch auch schlimm gewesen«, regte sich Willi auf.

Jetzt musste Herr Wilson lachen.

»Solche Typen stehlen keine Bücher und schleppen sich damit ab, die suchen ganz etwas anderes, was sie schnell zu Geld machen können. Aber wieso sind die eigentlich ohne Beute fort, haben sie mich kommen hören?« wollte Herr Wilson wissen.

»Nein, du bist erst eine halbe Stunde später zurückgekommen, ich habe sie vertrieben.«

Willi war sehr stolz.

»Du hast sie vertrieben, das glaubt dir wohl keiner. Da musst du sie aber sehr bedroht haben, dass sie solche Angst hatten und ohne Beute weggelaufen sind.«

Herr Wilson musste fürchterlich lachen.

»Du brauchst gar nicht zu lachen, genauso war es. Sie sind vor Angst noch über Max im Sack gestolpert und draußen hörte ich das Tor scheppern, so eilig sind sie wohl drüber geklettert. Die Reifen ihres Autos haben auch ziemlich gequietscht, so eilig hatten sie es.«

Willi war wieder ganz aufgeregt vom Erzählen.

»Dann waren das vielleicht die Typen in dem hellblauen VW-Bus, die mir ohne Licht in einem Höllentempo gerade entgegenkamen«, überlegte Herr Wilson.

»Aber noch mal Willi, wieso sind sie auf einmal so schnell auf und davon?«

»Ich sag es dir doch, weil ich sie bedroht habe.«

Jetzt war Willi etwas beleidigt.

»Ach Willi, von dir fühlt sich doch niemand bedroht«, lachte Herr Wilson und drehte sich gerade zur Tür um, weil Max hereinkam.

»Hände hoch, sonst hast du gleich ein schönes rundes Loch im Kopf«, ertönte auf einmal hinter ihm eine tiefe bedrohliche Stimme.

Herr Wilson riss automatisch die Hände hoch und drehte sich um. Willi fiel vor Lachen fast aus dem Regal.

»Siehst du, bei dir hätte es auch gewirkt und du musst bedenken, es war dunkel und die Beiden hatten ja ein schlechtes Gewissen.«

»Ich habe aber gerade auch deine Stimme nicht erkannt, sie war so dunkel«, wunderte sich Herr Wilson. »Sonst hast du doch eher eine helle Stimme. Und woher hast du diesen tollen Satz mit Hände hoch und so weiter?«

»Aus dem Fernsehen, das rufen die doch immer bei Schießereien«, verkündete Willi stolz.

»Willi, du bist unglaublich, einfach mit deiner verstellten Stimme zwei Einbrecher zu vertreiben. Ich bin richtig stolz auf dich und Max bestimmt auch«, setzte er hinzu, da Max gerade wieder aus dem Garten zurück kam.

»Aber jetzt muss ich die Polizei anrufen. Nach dem, was du erzählt hast, sind das bestimmt die Kerle, von denen in der Zeitung berichtet wurde. Vielleicht ist es ja auch eine ganze Bande.«

Herr Wilson ging zum Telefon und informierte die Polizeistation. Dabei berichtete er auch gleich von seinem Erlebnis mit dem hellblauen Bus wenige Minuten nach dem Einbruch. Man versprach, nach diesem Bus gleich eine Fahndung herauszugeben. Ein Kennzeichen hatte Herr Wilson zwar nicht erkennen können, aber hellblaue Busse waren wohl auch nicht so häufig. Nachdem geklärt war, dass nichts gestohlen war und es dem betäubten Hund auch wieder gut ging, wollte man Herrn Wilson erst am nächsten Tag sprechen, es war nun schon weit nach Mitternacht.

Herr Wilson schraubte fürs erste ein Brett vor die eingeschlagene Scheibe an seiner Tür. Das würde er am nächsten Tag richtig reparieren. Aber er zog den Schlüssel ab und nahm ihn mit in die Küche. So einfach wollte er es anderen Ganoven nicht noch einmal machen.

Es dauerte einige Zeit, bis Her Wilson an diesem Abend einschlafen konnte. Er überlegte lange, wie er dem tapferen Willi eine besondere Freude machen könnte. Mit einem großen Berg neuer Bücher konnte er ihm immer eine Freude machen, das war klar. Aber etwas Besonderes sollte es sein.

Am nächsten Morgen nach dem Frühstück ging Herr Wilson wie immer kurz zu Willi hinüber, der jetzt wieder in der Bibliothek wohnte.

»Hättest du Lust, mit Max und mir einen Ausflug nach Lauterbach zu machen?« wollte er wissen.

»Wie soll das gehen?« fragte Willi.

»Ich kann doch noch immer nicht laufen.«

»Nach Lauterbach zu laufen wäre auch mir mit meinen langen Beinen ein bisschen zu weit«, lachte Herr Wilson.

»Aber bei deiner doch jetzt so fortgeschrittenen Bildung ist dir sicher bekannt, dass es heutzutage Autos gibt. Das sind die Dinger mit vier Rädern, da passen außer Menschen auch Hunde und gewiss auch kleine Blechmänner – entschuldige- kleine Roboter hinein«, lachte Herr Wilson.

»Machst du dich über mich lustig?« fragte Willi. »Ich denke, ich soll geheim bleiben, nie soll mich jemand sehen.«

»Sehen kann man dich ruhig, hören soll man dich nicht. Das ist ein Unterschied. Es sitzen auch mal Puppen oder Teddybären in Autos. Solange sie die Leute nicht ansprechen, ist das in Ordnung. Also was ist, willst du mit als kleine Belohnung für deinen gestrigen Mut?«

»Na klar, da sehe ich endlich mal etwas anderes als das Haus, den Garten und einige vorbei gehende Menschen und Hunde«, freute sich Willi.

»Dann fahren wir also um 10 Uhr los. Ich werde noch ein paar Kissen und Decken holen, damit baue ich dir einen Sitz, damit du eine schöne Aussicht hast«, erklärte Herr Wilson.

»Hat Max auch so einen Sitz?« wollte Willi wissen.

»Nein, Max hat sein eigenes Hundeabteil hinten im abgetrennten Kofferraum. Meistens liegt er da und wenn er mal etwas sehen will, stellt er sich halt hin«, antwortete Herr Wilson.

»Max konnte ja schon immer herumlaufen und sich alles ansehen, da interessiert ihn die Umgebung bei einer Autofahrt sicher nicht so sehr.«

»Max interessiert das schon sehr, wie du daran siehst, dass er ab und zu einmal ausreißt, um neue Gegenden zu erkunden. Aber da Hunde sehr gut riechen können, finden sie auch meistens wieder nach Hause, wenn sie auf ihrer alten Spur zurücklaufen. Wie das in einer fremden Stadt ist, weiß ich nicht, wohin sollte er da auch zurück finden. Deshalb behalte ich ihn bei Ausflügen in fremden Gegenden auch immer fest an der Leine«, erklärte Herr Wilson.

Damit verließ er das Zimmer, um sich um das Auto zu kümmern. In der Zwischenzeit las Willi noch schnell ein kleines Büchlein über Lauterbach durch, das er zwischen Reiseberichten über Hessen gesehen hatte.

Eine Stunde später fuhren sie los. Max hatte es sich gleich auf seinem Platz gemütlich gemacht.

»Warum ist zwischen Max und uns ein Gitter?« wollte Willi wissen.

»Das ist so vorgeschrieben«, antwortete Herr Wilson.

»Sonst müsste ich Max anschnallen, wie ich es jetzt mit mir tue. Aber bei dieser Art Auto ist das mit dem Hundegitter die bessere Lösung und Max fühlt sich da hinten auch viel wohler.«

»Und was ist mit mir?« wollte Willi wissen.

»Dich kann ich ja wohl schlecht anschnallen, für kleine Roboter gibt es da auch keine Vorschriften, glaube ich wenigstens«, lachte Herr Wilson.

Sie brauchten eine gute halbe Stunde bis zur Stadt. Herr Wilson hatte einen Termin bei der Polizei wegen des Einbruchs am Vortage. Er parkte sein Auto.

»Ich lass euch jetzt eine Weile allein, es wird sicher nicht lange dauern. Max sei brav.«

»Meinst du, das hat er verstanden?« wollte Willi wissen.

»Natürlich, er bleibt öfter im Auto, wenn ich ihn bei meinen Erledigungen nicht gebrauchen kann. Er kennt das schon«, beruhigte Herr Wilson.

»Und du halte bitte keine lauten Reden. Ich möchte nicht, dass nachher viele Leute um mein Auto herumstehen, denen ich das erklären muss.«

»Na klar, ich rede nur leise mit Max, das hört ja keiner.«

Herr Wilson machte seine Aussage bei der Polizei und kam recht bald wieder.

»Wie hast du denen eigentlich erklärt, dass die Einbrecher so schnell die Flucht ergriffen und Max als verschnürtes Paket zurückgelassen haben?« wollte Willi nun wissen.

»Die Wahrheit konnte ich natürlich nicht sagen, wie du dir sicher denken kannst. Ich habe ein bisschen geschwindelt und was von einem Nachbarn erzählt, der kurz vor mir nach Hause kam und sich über den vor seinem Grundstück knapp vor seiner Garage geparkten VW-Bus lautstark aufregte.«

»Aber prüfen die das denn nicht nach?« fragte Willi erschrocken.

»Reg dich wieder ab. Die Geschichte ist wahr, mein Nachbar hat sie mir heute morgen erzählt und ich konnte sie gut gebrauchen. Dazu kam noch mein Bericht über den hellblauen Bus, den ich heute Nacht schon durchgegeben hatte. Und nun kommt das Beste, sie haben die Kerle schon und ein ganzes Lager mit gestohlenen Gegenständen ist ausgehoben worden. Und vier Katzen haben sie in dem Haus auch befreien können.«

»Das ist die beste Nachricht«, freute sich Willi. »Dann ist jetzt hoffentlich Schluss mit dem Verschwinden von Tieren hier in der Gegend.«

»Das hoffe ich auch, du hast jedenfalls noch einen dicken Wunsch bei mir frei.«

»Könnten wir nicht einmal in das Hohhaus-Museum hier in Lauterbach gehen? Da finden doch immer so interessante Ausstellungen statt, habe ich gerade vorher noch gelesen.«

»Das geht nicht, da kann ich dich nicht mit hineinnehmen«, widersprach Herr Wilson.

»Aber du kannst mich doch in deinen Rucksack stecken, dass ich oben herausgucken kann«, protestierte Willi.

„Nein Willi, in das Museum darf ich meinen Rucksack nicht mitnehmen, auch keine großen Taschen. Und wenn ich dich mit Rucksack an der Garderobe abgeben muss, hilft dir das ja auch nicht weiter.«

»Schade, dann werde ich mir etwas anderes wünschen. Ich denke darüber nach.«

»Aber die Idee mit dem Rücksack ist gut, so können wir ein bisschen durch die Stadt wandern und du kannst alles sehen. Aber nur, wenn du versprichst, absolut deinen Mund zu halten.«

»Ehrenwort«, versprach Willi.

Herr Wilson verstaute Willi vorsichtig in seinem Rucksack, sodass nur der Kopf des kleinen Roboters herausguckte. Max kam an die Leine und lief ganz brav bei Fuß. So wanderten die drei eine ganze Weile durch das Städtchen. Ab und zu erklärte Herr Wilson etwas, aber niemand fand das ungewöhnlich. Schließlich lief Max ja daneben und viele Menschen sprechen mit ihren Hunden.

In der belebten Einkaufsstraße hörte Herr Wilson plötzlich ein Kichern hinter sich.

»Willi, halt ja die Klappe«, flüsterte er, bevor er sich umdrehte. Zwei kleine Mädchen deuteten auf den Rucksack, aus dem Willis Kopf heraus schaute.

»Ist der aber niedlich«, lachten sie.

»Ist der ganz aus Blech?«

»Ja, ja«, antwortete Herr Wilson und lief dann schnell

weiter, bevor Willi noch auf irgendwelche dummen Ideen kam.

Nach einer Stunde kamen sie wieder zum Auto, Max sprang in sein Hundeabteil und Willi wurde auf seinem gepolsterten Sitz verstaut. Auf der Heimfahrt hielten sie noch einmal an. Herrn Wilson zeigte Willi ein Schloss unweit der Straße. Willi war begeistert.

»Das müssen wir öfter machen.«

»Ja, wenn ich Zeit habe, können wir das tun«, antwortete Herr Wilson.

Eigentlich hätte es Herr Wilson wissen müssen, dass Willi von nun an mit Forderungen nach weiteren Ausflügen nicht zurückhaltend sein würde. Genauso wie er einen unersättlichen Wissensdurst entwickelt hatte, wollte er nun ständig Ausflüge unternehmen. Als erstes nahm ihn Herr Wilson mit nach Fulda. In einer fremden Stadt war es Herrn Wilson egal, was die Leute von ihm dachten, wenn er mit einem Rucksack, aus dem ein Blechkopf guckte, durch die Straßen lief. Bei sich in dem kleinen Dorf vermied er das natürlich. Aber da gab es für Willi auch nichts Besonderes zu sehen. Anders in Fulda. Hier sah Willi zum erstenmal den Bahnhof und gerade brauste auch noch ein ICE herein.

»Wahnsinn«, rief er und vergaß zum ersten Mal seit geraumer Zeit sein Versprechen, bei diesen Rucksackausflügen den Mund zu halten.

Zwei junge Männer drehten sich zu Herrn Wilson um.

»Hat der noch nie einen Zug gesehen?« flüsterte der eine.

Damit meinte er natürlich Herrn Wilson. Der ging rasch weiter.

»Wenn du dich nicht beherrschen kannst, war das bald das letzte Mal, dass wir so einen Ausflug machen«, zischte er erbost.

»Entschuldigung«, flüsterte Willi zurück.

»Nun, ich kann es ja verstehen, du siehst so einen Zug zum ersten Mal. Da rutscht dir so was halt heraus.«

»Könnten wir mit so einem Ding auch mal mitfahren?« fragte Willi hoffnungsvoll.

»Eigentlich fahre ich gar nicht mehr mit dem Zug, seitdem ich hier draußen wohne. Hier ist das Auto schon praktischer«, antwortete Herr Wilson.

»Aber vielleicht könnten wir einfach einmal eine kurze Strecke fahren oder darfst du da auch keinen Rucksack mitnehmen?« wollte Willi wissen.

»Natürlich darf ich das, in der Bahn darf man sogar große Koffer mitnehmen«, erklärte Herr Wilson.

Für diesen Tag waren sie lange genug weg gewesen und Max wartete diesmal zu Hause. Wenn Herr Wilson gedacht hatte, die Zugfahrt wäre jetzt erledigt gewesen, hatte er sich getäuscht. Willi fing jeden Tag wieder davon an, bis Herr Wilson genervt aufgab. Da er sowieso in einigen Tagen etwas in Frankfurt zu erledigen hatte, beschloss er, Willi den Gefallen zu tun.

Normalerweise wäre er natürlich mit dem Auto nach Frankfurt gefahren. Doch diesmal brachte er Max zu Freunden, da der Ausflug wohl etwas länger dauern würde. In Fulda stellte Herr Wilson sein Auto im Parkhaus direkt am Bahnhof ab. Das war sehr praktisch. Willi war wie immer im Rucksack verstaut. Herr Wilson hatte noch eine leere Reisetasche dabei, denn er wollte einige Dinge in der Stadt einkaufen. Willi war wieder angewiesen worden, ja den Mund zu halten, denn Herr Wilson wollte sich in dem Großraumwagen des ICE nicht lächerlich machen mit einem sprechenden Roboter.

Herr Wilson hatte den Rucksack so auf seinem Schoß platziert, dass Willi bequem aus dem Fenster gucken konnte. Glücklicherweise war der Wagen relativ leer, sodass Herr Wilson und Willi sogar ab und zu miteinander flüstern konnten, ohne dass es jemandem auffiel.

Willi war begeistert von Frankfurt. Erst die Fahrt im Zug, nun noch Straßenbahnfahrten und sogar U-Bahn fahren war angesagt. Willi gab sich große Mühe, nicht ständig in Begeisterungsstürme auszubrechen, soviel Neues gab es für ihn zu sehen.

Wenn Herr Wilson seine Einkäufe machte, war auch das für Willi interessant. Als erstes gingen sie in einen riesigen Buchladen.

»Hier möchte ich einmal übernachten«, flüsterte Willi ganz leise.

Aber Herr Wilson hatte es gehört und musste laut lachen. Zum Glück hielt er gerade ein Buch in der Hand, in dem er blätterte, sodass jeder der Umstehenden meinte, er habe wohl etwas sehr Lustiges gelesen. Dabei war das Elektronikbuch, das er in der Hand hielt, sicher nicht voller Witze.

»Lies, soviel du kannst«, zischte Herr Wilson Willi zu. »Ich habe hier eine ganze Weile zu tun.«

Das ließ sich Willi nicht zweimal sagen. Und Herr Wilson las auch in etlichen Büchern. Hier gab es sogar einige Sitzgruppen, wo man das tun konnte. Und Herr Wilson war so nett, sich immer mal wieder woanders hinzusetzen, sodass Willi aus immer neuen Büchern lesen konnte. Nach einer Stunde hatte Herr Wilson seine Bücher beisammen und bezahlte an der Kasse.

»Schade«, flüsterte Willi, als sie das Bücherkaufhaus wieder verlassen hatten. »Ich hätte hier den ganzen Tag bleiben mögen.«

»Das kann ich gut verstehen, aber wir haben noch einiges zu erledigen.«

Herr Wilson schien die Läden gut zu kennen, in die er wollte, denn er machte sich immer zielstrebig auf den Weg. Zweimal waren sie in Geschäften, in denen es nur elektronische Bauteile gab. Große Dinge waren es nicht, die Herr Wilson kaufte, aber viele. Dann mussten sie noch in zwei Werkzeugläden, aus deren Sortiment auch noch einiges in Herrn Wilsons Tasche wanderte.

Als alle Einkäufe erledigt waren, fragte Herr Wilson: »Möchtest du mal Löwen und vielleicht Elefanten sehen?«

»Habe ich doch schon oft, du hast ja schließlich genug Bücher mit Reiseberichten.«

»Ich meine nicht die in Büchern, sondern echt lebendig.«

»Auf den Arm nehmen kann ich mich allein«, meinte Willi beleidigt.

»Niemand will dich auf den Arm nehmen«, antwortete Herr Wilson und lachte.

Sie fuhren wieder mit der Straßenbahn. Als sie am Ende ausstiegen, ging Herr Wilson auf ein großes Tor zu. An einem Kassenhäuschen bezahlte er Eintritt und wanderte dann in einen Park. Plötzlich hörte Willi lautes Trompeten. Willi stieß wieder mal einen Überraschungsschrei aus. Glücklicherweise waren nicht viele Besucher da, sodass das gar nicht auffiel. Es gab sowieso so viele merkwürdige Geräusche hier.

»Wo sind wir hier?« flüsterte Willi. »Da sind ja wirklich Elefanten. Dann gibt es hier womöglich auch Löwen, wie du angekündigt hast.«

»Natürlich, und noch sehr viele Tiere mehr, du wirst schon sehen«, bestätigte Herr Wilson, während er weiter wanderte.

»Aber Löwen sind doch gefährlich, habe ich gelesen. Wenn die uns nun fressen.«

Willis Stimme klang etwas ängstlich.

»Keine Angst, du würdest ihnen sicher schwer im Magen liegen«, lachte Herr Wilson.

»Wir sind hier im Frankfurter Zoo, die Tiere sind alle in sicheren Gehegen. Du siehst doch, hier laufen sogar Kinder herum und haben keine Angst.«

»Aber das finden die Tiere sicher nicht schön, immer eingesperrt zu sein«, fand Willi.

»Sicher wären sie lieber frei in Wäldern oder Steppen, wo sie gerade hingehören. Aber die meisten von Ihnen waren noch nie in Freiheit, sie sind in Zoos geboren. Und einige hätten in freier Natur bald keine Überlebensmöglichkeiten mehr und sind nur in dem einen oder anderen Zoo vor der Ausrottung geschützt«, erzählte Herr Wilson, während sie bei den Giraffen vorbei gingen.

»Hast du Max heute zu Hause gelassen, weil du mit mir in den Zoo wolltest?«

»Genauso ist es«, bestätigte Herr Wilson. »Gefällt dir

denn meine Überraschung?« fragte er.

»Es ist toll hier. Und den Kindern dort drüben scheint es auch sehr zu gefallen. Wo sollten sie auch sonst in ihrem Leben mal Elefanten, Löwen oder zum Beispiel Giraffen sehen.«

»Genauso ist es. Das können sie nur hier.«

Herr Wilson und Willi waren fast 2 Stunden im Zoo. Dann wurde es Zeit, zum Bahnhof zurückzukehren, um den Zug nicht zu verpassen. Herr Wilson hatte seine mit Einkäufen gefüllte Reisetasche in einem Schließfach eingeschlossen, damit er sie nicht die ganze Zeit mitschleppen musste. Die holte er nun ab, bevor er in den Zug nach Fulda einstieg.

Es war ein anstrengender und aufregender Tag gewesen, als sie endlich abends wieder zu Hause ankamen. Herr Wilson holte noch schnell Max bei seinem Freund ab. Willi plapperte ununterbrochen, um Max alles zu erzählen, was er erlebt hatte.

In den nächsten Tagen versuchte Willi vergebens, Herrn Wilson zu einem Ausflug zu überreden.

»Ich habe keine Zeit«, hieß es immer wieder.

Herr Wilson hatte Willi zwar am Wochenanfang wieder einen Stapel Bücher aus der Bücherei mitgebracht, aber die hatte Willi natürlich schon längst ausgelesen. Zu oft konnte Herr Wilson auch nicht in der Bücherei auftauchen und stapelweise Bücher holen. Man fragte schon manchmal, ob er außer Lesen nichts mehr täte, aber Herr Wilson lachte nur.

Vielleicht musste er sich eine Bücherei etwas weiter weg suchen, damit die Leute nicht so redeten.

Willi wurde ungeduldig. Ein paar ganz kleine Ausflüge mit dem Auto hatten sie schon noch gemacht. Immer, wenn Herr Wilson etwas einkaufen musste. Aber Willi hatte noch ihren tollen Tag in Frankfurt im Kopf und hoffte, dass sich das bald wiederholen würde. Doch nichts dergleichen geschah. Herr Wilson rechnete und zeichnete. Nur die Zeit für Max nahm er sich weiterhin.

Eines Tages platzte Willi heraus:

»Für Max hast du immer Zeit, für mich überhaupt nicht mehr. Es ist so langweilig hier und dabei gibt es da draußen so viel zu erleben.«

Herr Wilson sah von seinen Berechnungen auf.

»Du fühlst dich also mal wieder vernachlässigt?« fragte er.

»Ja!« war das Einzige, was Willi trotzig herausbrachte.

»Kann ich verstehen, du weißt ja nicht, was ich hier tue«, antwortete Herr Wilson.

»Will ich auch gar nicht, ich will hier raus. Wenn ich doch bloß laufen könnte, damit ich dich nicht immer dazu brauche«, jammerte Willi weiter.

»Genau daran arbeite ich die ganze Zeit, weil ich dieses Gejammer schon lange kommen sehe«, brummte Herr Wilson.

»Wenn du mir noch ein paar Stunden Zeit gibst, bin ich fertig und wir können anfangen.«

»Womit denn?« Willi konnte seine Neugierde kaum zügeln.

»Ich hatte gesagt: ein paar Stunden noch.«

Herr Wilson wurde ungeduldig.

»Sonst nehme ich meine Sachen mit und gehe ins Nebenzimmer.«

Das wollte Willi nun doch nicht riskieren. Also hielt er, wenn es ihm auch furchtbar schwer fiel, den Mund. Am frühen Abend schien Herr Wilson endlich fertig zu sein.

»Siehst du, es geht doch«, lobte er.

»Ich mache jetzt noch meine Runde mit Max, der war auch so brav. Dann können wir anfangen.«

Willi war schon sehr gespannt, was nun folgen würde und Max merkte anscheinend auch, dass etwas Neues geschehen würde. Sonst legte er sich nach einem langen Abendspaziergang immer hin und schlief ein bisschen, jetzt blieb er vor Herrn Wilson sitzen und blickte ihn gespannt an. Herr Wilson nahm Willi aus dem Regal und setzte ihn auf die Werkbank. Da lagen jede Menge Schrauben und Drähte und andere Dinge, die Willi nicht kannte. Auch eine winzig kleine Bohrmaschine war dabei.

»Du willst mich doch zur Strafe nicht etwa auseinander nehmen«, jammerte Willi.

»Natürlich nicht«, beruhigte ihn Herr Wilson. „Das heißt, ein bisschen schon, aber nur, um dich beweglicher wieder zusammen zu setzen.«

»Hast du etwa herausgefunden, wie ich mich bewegen könnte?« fragte Willi fassungslos.

»Das weiß ich schon länger. Nur, du willst dich ja nicht nur ein bisschen bewegen, du willst doch richtig laufen ohne meine Hilfe, oder habe ich da etwas falsch verstanden?« fragte Herr Wilson verschmitzt lächelnd.

»Nein, hast du nicht. Oh, ich werde verrückt«, kreischte Willi so laut, dass Max bellend aufsprang.

»Das tu mal lieber nicht. Einen verrückten Roboter kann ich doch nicht so einfach auf die Menschheit loslassen. Und jetzt halt mal still. Ich muss dir einige Gelenke einbauen, wie wir Menschen sie auch in Armen und Beinen haben.«

Herr Wilson schraubte und schraubte. Es dauerte eine ganze Weile und Willi hielt ganz still. Max schaute andächtig zu.

Es war schon richtig spät geworden, als alle Gelenke eingebaut waren. Es waren nur noch wenige Scharniere und Schrauben auf dem Tisch übrig.

»Das geht doch schon recht gut«, meinte Herr Wilson und drehte und bewegte Willis Arme und Beine und den Kopf vor und zurück und auch zur Seite.

»Aber das hilft mir doch nichts. Das geht doch nur, wenn du mich bewegst.«

Offensichtlich war Willi gar nicht zufrieden.

»Ach Willi, wenn du doch nur nicht immer so ungeduldig wärest. Das wird noch einmal dein Verderben sein«, stöhnte Herr Wilson.

»Wir fangen doch gerade erst an. Morgen kommt der knifflige Teil. Da baue ich dir in deinen Bauch die zum Bewegen nötige Elektronik ein.«

»Warum nicht heute?«

Willi war schon wieder ungeduldig.

»Weil ich hundemüde bin und für diesen kniffligen Teil brauche ich einen wachen Kopf und meine Finger dürfen auch nicht vor Müdigkeit zittern.«

»Na gut, bis Morgen werde ich es noch aushalten«, verkündete Willi großzügig.

Herr Wilson nahm sich noch ein neu erstandenes Buch über verschiedene Schaltungen mit ans Bett. Aber er war wirklich sehr müde und schlief bald ein.

Dafür war er am nächsten Morgen frisch und ausgeschlafen wieder früh auf den Beinen. Nach Frühstück und Morgenspaziergang mit Max ging er in die Werkstatt zu Willi.

»Na endlich kommst du. Ich warte schon so lange«, begrüßte ihn Willi leicht vorwurfsvoll.

»Das ist doch die Höhe, es ist mal gerade sieben Uhr und ich war schon mit Max weg und habe bereits gefrühstückt«, gab Herr Wilson zurück. »Du kannst es wohl gar nicht erwarten?«

»Das stimmt, aber kannst du das denn nicht verstehen?«

»Doch, das kann ich wirklich sehr gut. Aber jetzt brauchen wir etwas Geduld, denn das hier muss ich alles in deinen Bauch einbauen und dazu auch noch richtig schalten, sonst nützt es alles nichts.«

Herr Wilson arbeitete einige Stunden. Schließlich war er fertig. Dann setzte er noch eine starke Batterie in Willis Bauch und schloss die Klappe darüber. Er nahm Willi vom Tisch und stellte ihn auf den Boden.

»Nun versuch einmal, langsam zu gehen«, forderte er Willi auf. Willi hob ein Bein und gleich das nächste und mit einem lauten Scheppern lag er auf dem Boden. Max sprang erschrocken auf.

»Erster Versuch fehlgeschlagen«, lachte Herr Wilson.

»Aber mach dir nichts daraus. Auch alle Kleinkinder fallen erst einige Male hin, bevor sie das Laufen lernen.«

»Ich bin aber kein Kleinkind«, protestierte Willi.

»In punkto Laufen schon, du fängst doch gerade erst an. Nun versuch erst mal, wieder aufzustehen.«

Willi machte einige Versuche, bevor es klappte. Max hatte sich in die hinterste Ecke verzogen und beobachtete das Geschehen aus sicherer Entfernung. Es sah wirklich aus, als ob ein kleines Kind begann, gerade Laufen zu lernen. Ein paar Mal knallte Willi auch noch ganz fest auf den Boden, aber es sah schlimmer aus als es war und vor allen Dingen machte es immer einen ziemlichen Krach.

Max war inzwischen bis in den Flur geflüchtet, es war ihm wohl zu laut und zu aufregend in der

Werkstatt.

»Das klappt doch schon ganz gut«, meinte Herr Wilson. »Während du jetzt ein bisschen übst, mache ich mir mal etwas zum Essen.«

In der Küche hörte Herr Wilson es immer wieder mal scheppern, aber aus der Entfernung war es nicht ganz so schlimm. Nach einer Stunde hörte man gar nichts mehr und Herr Wilson dachte schon, Willi hätte eine Pause gemacht. Aber das war nicht so. Als Herr Wilson zurück in die Werkstatt kam, lief Willi pausenlos um die Werkbank herum, ohne zu fallen oder zu wackeln.

Herr Wilson machte die Werkstattür auf.

»Nun wollen wir mal draußen weiter üben. Aber pass auf, so eben wir hier drinnen ist die Wiese draußen nicht.«

Er hatte kaum zu Ende gesprochen, als Willi schon wieder hinfiel.

»Das habe ich auch gerade gemerkt«, lachte Willi und erhob sich wieder auf die Knie.

»Du hast mir ja auch eine Hand und Finger gemacht. Ich habe gerade einen Büschel Gras ausgerupft. Das ist ja toll«, freute er sich und stolzierte weiter im Garten herum.

»Willi, bleib ein bisschen hier hinten, falls jemand an der Straße vorbeikommt«, warnte Herr Wilson.

Das tat Willi auch ganz brav. Er wanderte zwischen den Blumenbeeten herum und um den Teich. Herr

Wilson arbeitete inzwischen ein bisschen im Garten. Max lief noch etwas vorsichtig hinter Willi her. Ganz geheuer war ihm das Ganze nicht. Nach drei Stunden hatte Willi genug. Er hatte inzwischen jeden Winkel des Gartens erkundet.

»Können wir nicht mal hinaus aus dem Garten?« fragte er.

»Jetzt noch nicht, nachher, wenn es dunkel ist und ich mit Max die Runde mache, dann kannst du mit. Ich möchte nicht, dass hier im Dorf ein Aufruhr entsteht, wenn du am hellen Tag über die Straße spazierst«, meinte Herr Wilson.

»Werde ich nie im Hellen nach draußen dürfen?« wollte Willi wissen.

»Das wird sich alles noch finden, warten wir es doch einmal ab, wie sich alles entwickelt.«

Herr Wilson ging ins Haus und Max folgte ihm. Willi drehte noch ein paar Runden und kam dann auch nach.

Als es schon einige Zeit dunkel war, ging Herr Wilson mit Max noch einmal hinaus bis zum Waldrand. Und Willi durfte mit. Max tobte wie immer über die Wiesen und Willi versuchte mitzuhalten. Aber er war viel langsamer.

»Bei den kleinen Schritten komme ich überhaupt nicht voran«, jammerte er.

»So schnell wie ich bist du doch auch und vier Beine wie Max hast du schließlich nicht«, antwortete

Herr Wilson.

»Aber wenn ich mal ein bisschen weiter laufen möchte, bin ich so ja endlos unterwegs.«

Willi schien schon wieder unzufrieden zu sein.

»Als ob ich mir das nicht gedacht habe, dass du gleich wieder mehr willst. Du möchtest mich wohl ganz schnell verlassen und in Windeseile hinaus in die Welt ziehen?«

Willi sah Herrn Wilson erstaunt an.

»Natürlich will ich nicht weg von dir, aber ich möchte etwas sehen und da ich ja kein Auto fahren kann wie du, muss ich schneller laufen können, verstehst du das nicht?«

»Ich verstehe das sehr gut, schließlich kenne ich dich schon etwas genauer und weiß, wie neugierig du bist. Und dich zu bremsen schaffe ich wohl auch nicht. Deshalb habe ich da schon eine Möglichkeit eingebaut, wie du schneller laufen kannst. Ich dachte nur nicht, dass du so schnell damit anfängst.«

Willi kam ganz schnell zu Herrn Wilson heran.

»Das ist ja toll. Sag, wie geht das?«

Er war ganz aufgeregt.

»Aber hör mir gut zu, ich muss es dir erst genau erklären. Dieser Knopf hier oben auf deinem Bauch - Finger weg, ich wollte es dir doch erst erklären - also dieser Knopf funktioniert ähnlich wie eine Gangschaltung. Je fester du ihn drückst, um so größere Schritte machst du. Versuche erst mal, ihn ein ganz kleines bisschen zu drücken.«

Herr Wilson war hinter Willi getreten und er wusste auch genau warum. Willi drückte den kleinen Knopf herunter, aber nicht nur ein bisschen. Und im nächsten Augenblick machte er einen Riesenschritt, fast drei Meter weit und landete prompt auf der Nase. Max, der gerade mal wieder zurück gekommen war, machte einen erschrockenen Satz rückwärts und bellte laut. Herr Wilson lachte nur.

»Dachte ich es mir doch, du kannst auch nicht hören, was man dir sagt. Weil du es immer so eilig hast. Jetzt versuche es noch mal.«

Natürlich hatte Willi die Sache ganz schnell kapiert und er lief mit Riesenschritten hinter Max her, der das toll fand. Nach einer geraumen Weile pfiff Herr Wilson nach Max, der auch brav zurück kam und Willi folgte ihm.

„Das ist einfach toll, was du da eingebaut hast. Es macht so viel Spaß, hinter Max herzurennen.«

»Wir werden sehen, wie lange du zufrieden bist, jetzt gehen wir erst mal nach Hause«, bestimmte Herr Wilson.

Willi gab wirklich eine ganze Woche Ruhe, aber er ging auf jedem Spaziergang mit und die Spaziergänge wurden immer länger, auch wenn sie stets durch einsame Gegenden führten, denn die drei wollten ja nicht gesehen werden.

Einmal kamen ihnen doch Spaziergänger entgegen.

»Verschwinde hinter dem Gebüsch und komme uns nach, wenn sie weg sind. Und du bleibst hier, Max.«

Max wollte nämlich gleich hinter Willi her. Das klappte gut, Willis Geheimnis blieb gewahrt.

Nach einer weiteren Woche, in der alles gut ging, waren die drei wieder auf einem Morgenspaziergang. Max und Willi entfernten sich wie gewöhnlich ein ganzes Stück von Herrn Wilson, weil sie ja viel schneller liefen. Als Max zurück gepfiffen wurde, kam Willi nicht mit.

Herr Wilson rief nach Willi, aber kein Willi tauchte auf. Nun gab Herr Wilson Max den Auftrag:

»Max, such Willi, such!«

Max machte sich auch brav auf die Suche. Er war eine ganze Weile fort, während Herr Wilson sich auf einer Bank ausruhte. Nach einer Viertelstunde tauchte Max wieder auf, aber ohne Willi.

»Was treibt der kleine Kerl bloß wieder?« murmelte Herr Wilson.

»Max, ruhen wir uns ein wenig aus, vielleicht ist Willi einfach ein bisschen zu weit gelaufen und kommt gleich zurück. Er ist halt immer so neugierig, wenn er etwas Neues sieht.«

Aber auch nach einer weiteren halben Stunde war Willi nicht zurück. Herr Wilson machte sich mit Max wieder auf den Weg. Ab und zu schickte er Max alleine los zum Suchen. Jedes Mal kam Max allein zurück. Sie waren jetzt schon fast drei Stunden unterwegs. Max war sicherlich noch nicht müde, aber Herr Wilson.

»Jetzt reicht es mir, wir gehen nach Hause. Vielleicht hat Willi einen Bogen um uns gemacht und ist gleich nach Hause gelaufen, weil er uns nicht mehr gefunden hat«, beruhigte Herr Wilson sich selbst.

Max trabte flott in die Richtung auf das Dorf zu, als hätte er alles verstanden.

Es dauerte noch eine ganze Weile, bis die Beiden wieder zu Hause waren. Aber auch dort war Willi nicht. Herr Wilson setzte sich auf die Bank vor seinem Haus. So hatte er die Straße im Auge. Dann ging er nach hinten in den Garten und öffnete die kleine Gartentür. Die hielt er sonst immer fest geschlossen, damit nicht sämtliche Hunde des Dorfes ihre Geschäfte in seinem Garten verrichteten. Jetzt ließ er sie offen stehen.

Max sah ihn fragend an, das war er nicht gewohnt.

»Du bleibst hier drinnen, die steht für Willi offen. An unsere Klingel kommt er doch nicht heran, wie sollen wir sonst merken, wenn er kommt und herein will«, erklärte Herr Wilson.

Aber so lange Herr Wilson an diesem Tag auch wartete, Willi kam nicht. Es wurde Abend und Max gab ab und zu ein leises Winseln von sich.

»Du merkst auch, dass hier etwas nicht in Ordnung ist.«

Herr Wilson streichelte seinen Hund und seufzte.

»Wohin mag der dumme kleine Kerl nur gelaufen sein? Inzwischen müsste er doch gemerkt haben, dass er viel zu weit gelaufen ist und längst umgekehrt sein.«

Herr Wilson wanderte unruhig im Zimmer umher.

»Komm Max, wir machen noch einen Abendspaziergang, vielleicht finden wir Willi ja. So weit wie heute Mittag können wir zwar im Dunkeln nicht gehen. Aber vielleicht haben wir doch Glück.«

Max war gleich eifrig dabei und unterwegs lief er immer mal wieder rechts oder links in die Dunkelheit und schnüffelte vernehmlich. Vielleicht war da ja noch der Geruch von allen dreien vom Mittagsspaziergang, den Max erschnüffelte, aber Willi fand er nicht.

Nach einer Weile kehrte Herr Wilson um.

»Das hat heute keinen Zweck, Max, vielleicht ist er ja morgen früh schon zu Hause, wenn wir aufwachen, oder wir müssen morgen weiter suchen.«

Wirklich gut schlief Herr Wilson in dieser Nacht nicht und auch Max hörte man ab und zu aufjaulen. Zweimal stand Herr Wilson auf und ging zur hinteren Tür. Das Gartentor hatte er offen gelassen, damit Willi zumindest in den Garten herein konnte und nicht auf der Straße bleiben musste. Aber jedes Mal, wenn Herr Wilson meinte, ein Geräusch an der Tür gehört zu haben, war da nichts.

Am nächsten Morgen war Herr Wilson sehr früh

wach. Nachdem er vergeblich im Garten nachgesehen hatte, frühstückte er hastig und machte sich mit Max auf den Weg. Er ging die gleiche Strecke wie am Vortag und schickte Max immer wieder auf die Suche, aber ohne eine Spur von Willi zu finden. Nach zwei Stunden kamen sie wieder zu Hause an. Herr Wilson war sehr bedrückt und auch Max lief nicht so fröhlich wie sonst vor ihm her. Wieder ließ Herr Wilson sein Gartentor offen.

Nach einer Woche schloss Herr Wilson sein Gartentor wieder wie früher. Er saß auf der Bank und kraulte seinem Max den Kopf.

»Max, ich glaube, unser kleiner Roboter ist in die weite Welt hinaus gewandert. Er hat so viel in meinen Büchern gelesen und war so neugierig, das alles einmal zu sehen. Vielleicht war es ein Fehler, dass ich ihm dazu verholfen habe zu laufen. Aber andererseits wäre er auf die Dauer hier auch nicht zufrieden gewesen. Vielleicht kommt er ja eines Tages wieder und erzählt mir, wo er überall war und was er erlebt hat.«